Giovane donna sottomessa da un vampiro

Collezione di dominazione erotica

Erika Sanders

ERIKA SANDERS

Giovane donna sottomessa da un vampiro

Erika Sanders
Serie
Collezione di dominazione erotica

ERIKA SANDERS

Sinossi

Vladimir è un vampiro che cerca un compagno sottomesso che lo accompagni nella sua vita eterna.

Kristina è una giovane cameriera croata che ha appena perso il suo fidanzato di recente e ne è devastata.

Quell'amore e la sofferenza lo fanno notare e rimanere affascinato dal suo spirito sottomesso.

Così decide di rapirla ...

Giovane donna sottomessa da un vampiro è un romanzo con un forte contenuto di BDSM erotico e, a sua volta, un nuovo romanzo appartenente alla collezione di Dominazione Erotica, una serie di romanzi con un alto contenuto di BDSM romantico ed erotico.

(Tutti i personaggi hanno almeno 18 anni)

Nota sull'autrice

Erika Sanders è una scrittrice di fama internazionale, tradotta in più di venti lingue, che firma i suoi scritti più erotici, lontani dalla sua prosa abituale, con il suo nome da nubile.

Indice:

Sinossi

Nota sull'autrice

Indice:

GIOVANE DONNA SOTTOMESSA DA UN VAMPIRO ERIKA SANDERS

PRIMA PARTE VLADIMIR

CAPITOLO I

CAPITOLO II

CAPITOLO III

CAPITOLO IV

SECONDA PARTE KRISTINA

CAPITOLO V

CAPITOLO VI

CAPITOLO VII

CAPITOLO VIII

CAPITOLO IX

CAPITOLO X

TERZA PARTE ANĐELKO

CAPITOLO XI

CAPITOLO XII

CAPITOLO XIII

CAPITOLO XIV

QUARTA PARTE MARKOVIC

CAPITOLO XV

CAPITOLO XVI

CAPITOLO XVII

CAPITOLO XVIII

CAPITOLO XIX

QUINTA PARTE ĐURĐA

CAPITOLO XX

CAPITOLO XXI

CAPITOLO XXII

CAPITOLO XXIII

CAPITOLO XXIV

CAPITOLO XXV

CAPITOLO XXVI

CAPITOLO XXVII

CAPITOLO XXVIII

SESTA PARTE KATARINA

CAPITOLO XXIX

CAPITOLO XXX

CAPITOLO XXXI
CAPITOLO XXXII
SETTIMA PARTE STANKOV
CAPITOLO XXXIII
CAPITOLO XXXIV
CAPITOLO XXXV
CAPITOLO XXXVI
CAPITOLO XXXVII
CAPITOLO XXXVIII
OTTAVA PARTE GORAN
CAPITOLO XXXIX
CAPITOLO XL
CAPITOLO XLI
CAPITOLO XLII
CAPITOLO XLIII
CAPITOLO XLIV
NONA PARTE LUCIJA
CAPITOLO XLV
CAPITOLO XLVI
CAPITOLO XLVII
CAPITOLO XLVIII
CAPITOLO XLIX
CAPITOLO L
CAPITOLO LI
CAPITOLO LII
DECIMA PARTE GABRIJEL
CAPITOLO LIII
CAPITOLO LIV
CAPITOLO LV
CAPITOLO LVI
CAPITOLO LVII
CAPITOLO LVIII
UNDICESIMA PARTE MIHAEL
CAPITOLO LIX
CAPITOLO LX
CAPITOLO LXI
CAPITOLO LXII
CAPITOLO LXIII
CAPITOLO LXIV
CAPITOLO LXV
FINE

GIOVANE DONNA SOTTOMESSA DA UN VAMPIRO
ERIKA SANDERS

PRIMA PARTE
VLADIMIR

11

CAPITOLO I

Vladimir, splendente in tutto il nero tranne che per la sua cravatta di seta rosso sangue, guardò con compassione la giovane donna chinata sulla tomba appena coperta.

Le sue lacrime amare e abbondanti servirono solo ad alimentare la sua fame crescente.

I suoi occhi viola brillavano nella crescente penombra mentre cercava la giusta enfasi su cui continuare la sua ricerca.

Annoiato dalla solita frettolosa frenesia della sua giovinezza, aveva un profondo desiderio di ricostituirsi con questa bellezza tormentata.

I suoi lamenti strazianti eccitarono il sangue che scorreva nelle sue vene.

Vladimir non ha esitato, uscendo dall'ombra.

Kristina era fuori di sé dal dolore.

Le sue braccia si strinsero intorno alla vita, gridando ad Andrej.

La gente della città di Spalato l'aveva lasciata sola.

Non hanno perdonato la loro condanna, perché hanno percepito che aveva avuto un ruolo nella morte di Andrej.

Kristina e Andrej avevano dei piani.

Devono essersi sposati nella cappella della loro città.

Andrej ha insistito sul fatto che essere un soldato era un modo credibile per guadagnare i soldi necessari per stabilire la sua nuova casa.

Ma con la sua morte, i suoi sogni erano morti.

La sua famiglia era implacabile nel loro odio, perché non l'avevano mai approvata.

Kristina era così disperata che ha considerato di porre fine alla sua vita.

Allora potrebbe essere legata per sempre ad Andrej.

Percependo una presenza dietro di lei, sollevò i suoi occhi color smeraldo macchiati di lacrime, incorniciati dal suo velo nero di lutto, verso l'uomo che si profilava silenziosamente sopra di lei.

Per favore, lasciami al mio dolore. Non ho niente da offrirti ". Sussurrò con voce roca.

Tuttavia, il suo sguardo era connesso con il suo sguardo ipnotico e non poteva distogliere lo sguardo.

"Perdona la mia intrusione," la sua voce ammaliante si spezzò su di lei, "ho pensato di offrirti conforto. Non volevo mancare di rispetto."

"Lasciami signore. Voglio essere solo a piangerlo."

La sua voce era intransigente nonostante i piccoli dubbi creati da quegli occhi e dalla sua voce.

Kristina abbassò lo sguardo e si concentrò nuovamente sul mucchio di terra davanti a lei.

Vladimir era infuriato.

Nessuno, nessuno aveva osato essere così sprezzante nei suoi confronti.

Questa ragazza maleducata!

Il suo fiele gli costerà, giurò silenziosamente.

Sentì che i suoi denti cominciavano a sporgere, ma ora non era il momento.

Il suo sangue ribolle di più della lussuria.

Era di ottimo umore, il che era molto raro.

Con un ultimo sguardo calcolatore alla sua testa china, si ritirò momentaneamente per raccogliere i suoi pensieri.

Si fuse ancora una volta con le ombre per aspettare un momento più appropriato per tornare al suo fianco.

CAPITOLO II

Kristina tremava mentre le ombre rinfrescanti che le turbinavano intorno avvolgevano lentamente il suo corpo.

Lasciò cadere a terra la rosa bianca che aveva stretto in mano, dove sarebbe stato Andrej, inghiottita per l'eternità.

Gli ultimi ad amarla, i suoi genitori si sono arresi l'anno scorso alla febbre che aveva travolto e decimato la loro gente.

Si avviò verso la casa della sua infanzia, con passi pesanti, con passi lenti.

Aprì la porta d'ingresso e salì le scale verso la sua stanza, senza apparente appetito.

Non aveva potuto mangiare in quei tre giorni da quando il corpo di Andrej era arrivato per essere seppellito.

Kristina si spogliava con gli stessi movimenti poco brillanti.

I suoi occhi pieni di dolore si chiusero per il sollievo.

I suoi dolori cessarono momentaneamente mentre scivolava in un sonno senza sogni, tutte le sue energie spese per assicurare una sepoltura adeguata ad Andrej.

Vladimir l'aveva seguita con disinvoltura, sempre vigile.

Non rilevando nessun'altra presenza in casa, aveva aspettato che lui spegnesse la candela e poi aveva cominciato ad arrampicarsi agilmente sul traliccio adiacente al suo balcone.

Vladimir scivolò sul pavimento, scivolando senza sforzo verso il letto dove Kristina giaceva agitata, spostandosi sotto le coperte, gemendo piano.

La luce della luna splendeva intensamente all'interno, attraverso le porte del balcone aperte e sul letto.

Le sue labbra si aprirono in un sorriso empio, guardando il suo petto che si alzava e si abbassava, i nastri della sua camicia da notte slacciati al punto in cui si posavano sulla parte superiore del suo petto.

Un piccolo crocifisso d'oro le circondava il collo e i suoi capelli neri si riversavano sul cuscino.

Allungando un lungo dito ossuto, agganciò l'unghia sotto il bordo del pizzo e la spostò più in basso.

I suoi occhi scintillavano di apprezzamento per la carne lattiginosa esposta in mostra, il ricco capezzolo rosso e succulento che sporgeva prominente nell'aria fresca della notte.

Inalò il profumo di lavanda che aleggiava sulla sua pelle, il suo cazzo mostrava un lampo di interesse, ma poi quello stesso interesse svanì.

Vladimir era consapevole che per essere completamente eccitato, doveva prendere un po 'del suo sangue e mescolarlo con il suo.

Si chinò e si premette le labbra sul petto, appena sopra l'areola.

Soffiando dolcemente, guardò ancora di più quella corona del capezzolo.

Passioni oscure esplosero nella sua mente, possibilità in competizione tra loro per il dominio.

Mentre questi pensieri scorrevano a una velocità terrificante, Kristina borbottò "Andrej".

Una parola.

Vladimir si è assicurato di cancellare il suo ricordo di Andrej oggi con tutto il suo essere.

E non aveva mai mancato alle promesse fatte a se stesso.

CAPITOLO III

Vladimir lo ha spogliato delle trappole dell'umanità, piegando le sue cose con cura e attenzione.

Tornò a letto e si mise sopra le cosce di Kristina, scattando in avanti per affondare le zanne nel suo petto.

Kristina si svegliò con un sussulto sorpreso, fissando quella testa scura che la toccava dove nessun uomo l'aveva toccata prima.

Quando lei mosse le mani afferrandogli i capelli, Vladimir alzò i suoi occhi convincenti e la fermò senza parlare.

Attirata oltre la sua comprensione dalla magnificenza del suo sguardo ottuso, fu catturata come una mosca in una rete.

Gli occhi di Vladimir erano vortici di passione, ardenti di un bisogno impenitente.

'Tu chi sei? Cosa vuoi da me?' Kristina pianse piano. 'Lasciami solo! Vai fuori da casa mia! O urlerò! '

Per tutto il tempo, i suoi pensieri frenetici la stuzzicavano sapendo che gli abitanti del villaggio non avrebbero alzato un dito.

"Sono Vladimir," intonò, leccandosi casualmente le zanne gocciolanti con la lingua. «E sono qui perché la tua bellezza e innocenza hanno attirato la mia attenzione. Conosco i tuoi pensieri prima che tu li abbia e prima che questa sera sia finita, conoscerai la passione che ho per te. Non commettere errori, d'ora in poi sarai mia per fare quello che voglio. Per favore, e sarà più facile per te se dai il tuo permesso di possederti. "

Vladimir ha scelto quelle parole deliberatamente, sapendo che Kristina voleva appartenere a qualcuno.

Kristina espirò lentamente.

Lo aveva visto muovere la bocca, l'aveva visto assaporare il suo sangue.

Ora sapeva che era un vampiro.

È interessante notare che non aveva paura di lui, né era respinta dalle sue azioni.

Si chiese brevemente se lui le avesse lanciato un incantesimo, poi decise che non aveva più importanza.

Aveva già iniziato a succhiarla e lei sapeva che tutto era perduto.

Pentendosi della sua precedente debolezza di giudizio al pensiero di porre fine alla sua vita, ora sapeva che voleva vivere.

Il suo letargo si dissipò e lei lo combatté come un gatto selvatico.

Hanno litigato quando ha saputo che il suo amato Andrej doveva aver combattuto in questo modo per sopravvivere.

Purtroppo, Kristina ha combattuto in modo irregolare ed è stata rapidamente sopraffatta, ma ha fatto ricorso a un ultimo atto disperato.

Con Vladimir saldamente trincerato sulle sue cosce, le sue ginocchia che la tenevano ferma e le sue mani che le tenevano le braccia verso il basso mentre si allargavano sulla sua testa, lei si ritrasse e poi spinse verso l'alto nel tentativo di morderlo, i denti che affondavano nella sua spalla.

Vladimir sorrise perché Kristina si era inavvertitamente legata a lui ancora di più.

E invece di riuscire a liberarsi, era già di sua proprietà con quel piccolo scambio di sangue.

"Ah mia bellezza energica, mi apparterrai per sempre", fece le fusa. "D'ora in poi sono il tuo insegnante."

Vladimir affondò le zanne nel suo petto impeccabile e si staccò da lei avidamente.

Un flusso di sangue ricco si stava raccogliendo per correre a valle tra i suoi seni.

Muovendosi rapidamente lungo il suo corpo, la morse a caso ancora di più nelle sue esplorazioni.

Non aveva idea di iniziarla gentilmente.

Sono rimasto affascinato dal suo spirito e dalla sua vivacità.

Ha calciato indietro il copriletto con il piede e le ha avvolto il vestito intorno alla vita, celebrando per un momento ciò che ha scoperto.

Quelle cosce di seta lo aspettavano lì.

Il corpo di Kristina tremava di bisogni che non capiva.

Si dimenò sotto il suo tocco magistrale.

Agitando distrattamente, la sua mente era soffocata dalle sensazioni.

Le terminazioni nervose formicolano ripetutamente per tutta la loro lunghezza, anticipando, acconsentendo febbrilmente al suo amante.

Quando Vladimir affondò le zanne nella sua coscia, la parte superiore del corpo si raddrizzò inavvertitamente e questa volta afferrandogli i capelli, lo tirò più forte su quella pelle pallida.

Quella pelle calda per il suo corpo freddo era un gradito sollievo.

Bevendo a sazietà, Vladimir ha sigillato quella ferita con un giro della lingua.

Poteva iniziare a sentire il sangue che sgorgava dal suo cazzo, diventando più pesante.

Era passato molto tempo, troppo tempo da quando aveva trafitto la carne di una donna con il suo membro.

Aveva scelto questa donna con una cura squisita.

In sintonia con coloro che provano dolore, l'aveva cercata lontano dai suoi normali terreni di caccia.

Avendo vissuto per oltre sei secoli, poteva contare da una parte quante volte si era accoppiato.

Consapevole che Kristina non era stata scopata da un altro uomo, le guidò la mano verso il suo cazzo gonfio e la incoraggiò ad afferrarlo.

Ha sperimentato per alcuni minuti, passandoci sopra le mani, imparando la sua forma, consistenza e forza.

Incoraggiata dal suo respiro represso rilasciato in modo aspro, lo afferrò più saldamente, accarezzandogli il cazzo più forte e più veloce.

In cerca di approvazione dai suoi occhi, sapendo che lo stava accontentando per l'ovvia dilatazione.

Le sue mani trovavano spudoratamente un ritmo naturale e applicava pressione in diversi punti.

Pazientemente, quasi teneramente, in silenzio, Vladimir le concesse questa libertà.

La consapevolezza che lei era sua per tutta l'eternità gli fece desiderare di insegnarle.

Ma con il desiderio in fiamme, la sua pazienza si esaurì presto.

Le sue dita esplorarono la sua apertura bagnata, testando la sua prontezza.

Le stuzzicò le labbra, facendo scorrere le dita tra i suoi ricci, tirandoli, sentendo il suo calore.

Kristina si mosse sotto la sua mano cercando risposte a queste strane sensazioni che dolevano nel suo corpo in luoghi sconosciuti.

Imbarazzata dall'umidità, incontrò di nuovo i suoi occhi con la sua domanda inespressa.

"Kristina questo è un desiderio. Questo è il tuo corpo che si prepara al mio piacere e quale sarà il tuo piacere".

Kristina non avrebbe dovuto essere sorpresa di sapere il suo nome.

Diventava sempre più evidente che sapeva tutto.

Gli occhi di Vladimir brillarono mentre leggeva i suoi pensieri.

Era pronto, pronto e nuovo di zecca.

Prima di scoparla, l'avrebbe assaggiata.

Non era più immune al suo fascino, non era più arrabbiato, stava ancora morendo di fame per placare quelle passioni ardenti.

Spostandosi più in basso nel suo corpo, le mise le labbra e la lingua sulla figa.

Spinse dentro la lingua, sentendola tremare sotto e intorno al suo tocco.

Mosse la sua lingua dentro e fuori di lei, aumentando ancora quella pressione, i fianchi di Kristina che pompavano e spingevano naturalmente per incontrare la sua lingua.

Senza pensare, ha abbinato le sue passioni.

Proprio quando lei era sull'orlo, lui si tirò indietro per affondarle una zanna nel clitoride.

Rimase senza fiato mentre cadeva oltre quell'orlo di passione e versava i suoi succhi sulla sua lingua in attesa.

Bevve profondamente, proprio come aveva fatto prima contro la sua coscia.

Vladimir gioì, sentendo il suo sperma sulla lingua, i succhi che gli scorrevano giù per la gola caricarono ulteriormente la sua erezione.

Questo era il più fuori controllo consentito.

Masterizzare e accontentare Kristina lo ha elettrizzato all'infinito.

Ha guardato l'ultimo orgasmo e poi l'ha guardata in faccia.

Brillava alla luce della luna, il desiderio sfrenato aleggiava ancora nei suoi occhi.

CAPITOLO IV

Kristina era fuori di sé, ancora non capendo cosa stesse succedendo.

Tutto il suo corpo era vivo e formicolante e doveva ringraziare Vladimir per questo.

Trovando una fiducia in se stessa precedentemente sconosciuta, coraggiosamente scivolò sul letto fino alla sua bocca.

Gli catturò le labbra, mordicchiandolo e mordicchiando scherzosamente, supplicandolo silenziosamente di continuare.

Gli avvolse le lunghe gambe intorno alla vita e lo cullò contro il suo centro.

Aveva ancora un tocco di freddo, ma meno di prima.

Si sentiva bene, si sentiva proprio accoccolato tra le sue cosce.

Muoveva leggermente i fianchi, le sue passioni lungi dal finire.

Vladimir era divertito dai suoi sfacciati e inesperti tentativi di abbagliare, un partecipante più che disponibile.

Tuttavia, divertirsi non significava che si sarebbe sbizzarrito.

Mosse la mano sul suo cazzo e la spinse completamente nel suo calore, rompendo facilmente e superando il suo imene.

Ha obiettato senza segni di lotta, facendo sì che Vladimir si muovesse violentemente e sfacciatamente senza inibizioni.

Non era mai stato intimo con una donna verginale che lo invitava così volentieri a scoparla senza protestare.

Il suo precedente ammutinamento era stato dimenticato nella sua ricerca di farla sua, ora era in totale sottomissione.

Mentre le accarezzava il cazzo nella figa, le accarezzava anche la clitoride, sentendo il livido sollevato lasciato dal suo zanna.

Più caldo che mai, ogni colpo aumenta la tua temperatura corporea, con i tuoi movimenti senza restrizioni.

Appoggiandosi un gomito al suo fianco, si chinò per catturare un capezzolo, sentendolo sfiorare.

Mentre prima aveva sentimenti limitati, la sua mente esplose in un caleidoscopio di colori.

Questo accoppiamento ha superato le tue aspettative.

Il corpo di Kristina si strinse intorno a lui, afferrandolo come nessun altro aveva fatto prima.

I suoi gemiti aumentarono, il suo respiro rallentò fino a diventare rantoli.

Lucidato con il suo succo, Vladimir si sentì espandersi ancora di più e sapeva che stava per arrivare.

Con un'ultima spinta, li mandò entrambi oltre il limite.

Acuti lamenti di passione si mescolarono.

Vladimir pompò senza sosta dentro Kristina, la sensazione più vicina all'essere vivo che avesse provato dal suo cambiamento.

La strinse a sé e si mosse su per il suo corpo, asciugandosi il rivolo di sangue tra i suoi seni prima di continuare verso la sua bocca.

Premette forte la bocca contro di lei per un momento prima di ammorbidire il bacio.

Stai attento a lasciare il suo cazzo dov'era.

Il loro primo accoppiamento completo gli faceva ancora desiderare di più.

Per il momento, si accontentò di accarezzarla e di soffocarle tra le braccia.

Dopo aver dormito nel sonno dei non morti per oltre cinque secoli e mezzo, si ritrovò curiosamente speso in un modo diverso.

Kristina lo abbracciò più forte, abbracciandosi il più possibile per la sua cara vita.

Anche se altrettanto stanca e svuotata, era eccitata dal suo accoppiamento con Vladimir.

Poco prima di addormentarsi, il suo ultimo pensiero fu che valeva la pena sottomettersi al suo vampiro.

SECONDA PARTE
KRISTINA

23

CAPITOLO V

Mi sono svegliato di soprassalto.

La luce del sole che filtrava dalla finestra mi riscaldava il corpo.

Tenendo gli occhi chiusi, mi stiracchiai.

Mi sentivo come se muscoli sconosciuti gridassero in segno di protesta.

Interrogandomi su questi misteriosi dolori e dolori, ho aperto gli occhi su uno strano ambiente.

Il respiro che sibilava dalla mia gola fece evaporare immediatamente il mio senso di benessere.

Mi sono fatto il segno della croce senza esitazione, alzandomi e inginocchiandomi a pregare Dio.

Quale altro male mi è stato imposto? Mi sono detto in silenzio.

Non ha piovuto abbastanza sulla mia testa?

Non ho ricevuto risposta.

Mentre rovistavo tra le lenzuola, l'ho spinto da parte per trovare le mie cose e lasciare questo strano posto.

Fuggire era la massima priorità per me.

I miei movimenti rapidi mi fanno venire un po 'di vertigini.

Ho afferrato la colonna del letto per tenermi in piedi.

Guardando in basso sono rimasto colpito dal fatto che fosse vestita con una bellissima camicia da notte di stoffa bianca, cosa che non era di mia proprietà.

Le mie paure aumentavano con ogni momento che passava.

Il mio corpo ha cominciato a tremare freneticamente pensando a come sono arrivato qui.

Dimenticando il mio scopo di trovare i miei vestiti, corsi verso la porta, inciampando nell'orlo.

Cadendo pesantemente contro la porta, ho graffiato la maniglia, sapendo istintivamente di essere chiusa dentro.

Lacrime di rabbia e paura sono cadute quando ho affrontato le implicazioni della mia prigionia.

Mi voltai a studiare la finestra, rendendomi conto che non c'era via di scampo, ma mi avvicinai per vedere di persona.

Scoraggiato, caddi in ginocchio mentre guardavo il terreno almeno sei metri più in basso.

Rimasi così incoerente e inconsolabile finché non mi resi conto che il braccio e le dita mi stavano bruciando per l'intensità di quel sole cocente.

Guardando in basso, notando la pelle arrossata, mi allontanai di corsa dalla finestra, i ricordi della notte prima di riaffiorare.

Con orrore ho rivissuto tutto.

CAPITOLO VI

Vladimir ha dormito in un ambiente sicuro mentre il suo corpo ringiovaniva.

Aveva portato Kristina, approfittando dell'oscurità della notte, al suo castello.

Vedere il suo respiro superficiale mentre si rannicchiava contro di lui inconsapevolmente gli portò una nuova determinazione a tenerla con lui per sempre.

L'aveva avvolta nella più bella camicia da notte e l'aveva baciata sulla fronte.

Soddisfatto per il bene che aveva fatto per entrambi lo scorso pomeriggio.

Dopo averla sistemata nella sua nuova casa, è andata a chiudersi fino al tramonto successivo.

Il riposo era imperativo poiché i primi raggi dell'alba si diffondevano nel cielo.

Il suo ultimo pensiero prima di soccombere al dolce sogno era di essersi procurato un gattino molto eccitato!

* * *

Kristina si strofinò gli occhi in modo inefficace come per cancellare i ricordi.

Tutto questo è servito solo a rafforzare l'accecante mal di testa che avevo.

Insicuro della mia prossima mossa, mi sono seduto rannicchiato in una palla tesa, rendendomi il più piccolo possibile.

La tristezza impressa sul mio viso.

Desideravo lamentosamente il ritorno della mia vecchia vita prima che finisse tutto all'inferno.

Aggrottai la fronte concentrandomi, sapendo che c'era qualcosa o qualcuno che avevo dimenticato.

Combattendo incessantemente, sono rimasto ignorante.

Qualunque cosa sia, tornerà.

Dovevo mantenere la speranza.

CAPITOLO VII

Sorpreso che i miei pensieri si fossero allontanati così tanto, fui sorpreso di vedere che fuori si stava formando l'oscurità.

Sono stato seduto tutto il giorno.

Stretto, incredibilmente, nella mia postura piegata, mi alzai goffamente, notando per la prima volta la ciotola dell'acqua nell'angolo della stanza.

Ho strisciato con l'intenzione di rimuovere parte della viscosità residua.

La viscosità che sapevo stava versando sangue vergine sulle mie cosce.

Improvvisamente infuriato per ciò che avevo perso, mi lavai furiosamente come avrebbe fatto qualsiasi dispettoso torcendogli le mani senza successo.

Sentendo la sua presenza, oltraggiato dalla mia prigionia e vulnerabilità, mi voltai per affrontarlo.

Lasciando uscire un cuore che aveva smesso di piangere, mi lanciai verso di lui, le unghie arricciate per rastrellargli il viso.

Tutta la mia furia era incentrata sulla sua arroganza e presunzione.

Vladimir mi prese facilmente la mano e la tirò su dietro la schiena, tirandomi più vicino a lui.

Sollevando il petto, lo fissai, pensando di sputargli in faccia.

Poi ci ho ripensato, osservando la sua espressione granitica.

Ho provato a guardarlo in modo sfrenato, l'arroganza evidente in ogni linea del mio corpo.

***

Vladimir rise!

Apprezzando il suo spirito e pensando che fosse bella nella sua furia.

Sapendo che avrebbe preferito cavargli gli occhi alla minima opportunità, sapeva che doveva porre fine immediatamente a questo sforzo instancabile e inutile.

Intento a travasarla a piacimento, si chinò, facendo piegare indietro il corpo di Kristina.

Un piccolo grido acuto le attraversò le labbra.

Combatté invano, gemendo, la rabbia che colava dal suo corpo per la sua determinazione a dominarla.

Soddisfatto che avesse realizzato il suo potere e la sua impotenza, questo lo fece rimettere in piedi ancora una volta.

Rivelandosi, affondò le zanne nel petto, il crocifisso che oscillava selvaggiamente con i suoi movimenti a scatti.

Presto si calmò e lo lasciò bere a sazietà.

Con un bagliore avido negli occhi, la appoggiò contro il letto, posizionandola in modo che la sua pancia fosse contro l'asse inferiore, esponendogli il culo.

Senza cerimonie, le sollevò la camicia da notte dal corpo e le fece scivolare il cazzo duro dentro.

Per la sua impertinenza lui l'ha scopata duramente, senza preoccuparsi se era pronta a riceverlo.

* * *

Kristina, da parte sua, si è trovata a rispondere con riluttanza alle sue spinte.

Noto come si stava preparando a causa del succo che gocciolava dalla mia figa.

L'assalto precedente mi aveva eccitato, la linea sottile tra rabbia e passione si era attraversata senza sforzo nella mia mente.

Con il braccio ancora piegato dietro la schiena e il corpo piegato in avanti, c'era poco che potessi fare.

Era appollaiato sulla punta dei miei piedi per accogliere il cazzo di Vladimir.

La tensione fisica ha solo aumentato il nostro accoppiamento.

Avvolgendolo nel mio caldo umido, lo portai completamente dentro.

Ogni impulso mi ha portato più vicino a quella sensazione eterea della notte prima.

Questo lo ricordavo chiaramente, il resto della mia vita prima di lui era ancora avvolta nel mistero.

Potevo sentirmi sbriciolare grazie a tutto il suo cazzo pulsante, un sospiro di piacere che usciva dalle mie labbra.

Non mi importava più di quello che avevo fatto prima, ero già entusiasta.

* * *

Vladimir sentì Kristina accoglierlo e si chinò ancora una volta per affondare una sola zanna nel lato del suo collo mentre le sbatteva di nuovo nel culo.

La soddisfazione brillò da lui a partire dall'interno.

Non volendo danneggiare la sua pelle di porcellana, mise la lingua sul punto in cui aveva lasciato il segno penetrante sul suo collo, sigillandolo ancora una volta.

Si leccò il sangue dalla zanna e le lasciò il braccio.

Poi si allontanò per concederle il lusso di stare in piedi.

CAPITOLO VIII

Kristina si ritrovò ad apprezzare il gesto e inconsciamente ad alzare le spalle.

Ho girato la testa e ho passato la punta della lingua sulle labbra.

Sono stato sorpreso di scoprire che avevo fame di più.

Voltandomi, mi lanciai contro Vladimir, non con rabbia, ma con ardente passione.

Colti di sorpresa, siamo caduti a terra.

Ridendo deliziato dall'espressione sorpresa sul suo viso, ho arricciato le labbra in un sorriso malvagio.

Era sensibile a cose che solo lui mi aveva fatto sentire, sperimentare e dimenticare.

Pensando al suo cazzo nella mia bocca, ho spostato il suo corpo dove giaceva tremante.

Inginocchiato tra le sue ginocchia, il mio viso tra le mani, la fissai per un po'.

La setosità dei suoi capelli neri riaffiorò al mio tocco.

Allargo le mie dita attraverso di lui, guardando cose interessanti accadere al suo cazzo.

Saliva che fa la sua comparsa agli angoli della bocca.

Ero affamato del suo sapore e del suo odore.

L'impazienza gli percorse il corpo a causa della mia presunta inerzia.

Ho lasciato che i miei occhi incontrassero i suoi e una volta che ho incrociato gli occhi con i miei, ho spostato la mia bocca sul suo cazzo.

Incantato, catturato nei suoi occhi scuri, occhi pieni di fervore sfrenato.

Il freddo gelido si scontrò con il calore caldo all'istante.

Nessuno di noi due stava già distogliendo lo sguardo, festeggiando con il corrispondente desiderio che ci avvolgeva.

La mia bocca calda e umida lo cattura, lo avvolge.

Ho iniziato a succhiare come se la mia vita dipendesse da questo.

Approfondendo i miei colpi, la mia lingua e le mie labbra correvano selvaggiamente mentre il suo cazzo diventava ancora più grande.

I miei capezzoli si arricciarono mentre le sfioravano i lati delle cosce e il tappeto sotto i nostri corpi cadenti.

Spingendolo ulteriormente con lo sguardo e la bocca, volevo scuotere il suo mondo e mettere da parte la sua superiorità.

* * *

Vladimir ha letto accuratamente tutte le emozioni che si sono riflesse negli occhi di Kristina.

Se pensava che sarebbe stato ingannato da lei, si sbagliava tristemente.

Lasciandole avere la sua piccola ribellione, fu davvero il vincitore mentre guardava la sua testa oscillare su e giù sul suo cazzo completamente gonfio.

I suoi capelli neri che cadevano liberamente sulle sue cosce, il sudore sul suo labbro superiore per i suoi sforzi.

Vladimir trionfante al tuo servizio.

E stava imparando velocemente.

"Si sta trasformando in una brava succhiacazzi, un ulteriore vantaggio per la mia vittoria", ha riflettuto.

La incoraggiò ancora di più sollevandole i fianchi verso la bocca impaziente.

Scuotendo selvaggiamente i movimenti della lingua.

Vladimir ha sentito l'onda finale avvicinarsi, così come Kristina.

'AAAAhhhhhhhhhhhhhhhh!'

Il suo urlo echeggiò nella camera da letto.

Dannazione, è stato fantastico!

Grandi quantità di sperma versate dal suo cazzo nella sua bocca in attesa.

Kristina ha catturato tutto e ha continuato a succhiarlo.

Aspirò l'ultimo filo di sperma ed espirò rumorosamente.

Una volta che Kristina ha saputo che aveva finito di riempirla, ha appoggiato la guancia contro la sua coscia, leccando le ultime gocce di sperma dalle sue labbra.

CAPITOLO IX

Kristina, vieni qui!

La voce era imponente.

Avevo dormito contro la sua coscia, il mio corpo reagiva immediatamente al tono perentorio.

Risentito perché mi ha parlato così dopo quello che abbiamo condiviso, sono rimasto dov'ero.

Non stava imparando facilmente questa lezione sull'obbedienza.

Vladimir sospirò per la mia timidezza e si rotolò al suo fianco.

Si alzò con grazia e si diresse verso l'armadio dall'altra parte della stanza.

Mentre apro le porte chiuse, guardo cosa c'era lì dentro.

Finsi indifferenza e chiusi gli occhi.

Sulla schiena stesi languidamente il corpo contro lo spesso tappeto.

Doveva aver trovato quello che cercava perché era di nuovo al mio fianco.

Plop! Plop! Plop!

Sorpreso, mi voltai, o meglio ci provai, con le mani che volavano sui miei seni nudi.

Vladimir si era messo a cavalcioni sulle mie cosce e quando ho guardato in alto ho potuto vedere la frusta dal manico lungo che portava.

Sul punto di attaccare di nuovo, la sua fronte corrugò con intensità e impazienza.

Lo avevo fatto arrabbiare con la mia continua opposizione.

Stava aspettando il prossimo colpo di punizione, perché in realtà era una punizione.

Con la paura che sostituì quella soddisfazione, il mio sorriso scomparve.

I miei occhi si spalancarono sulle sue orbite, sentendomi perso e impotente, senza alcuna via di fuga evidente.

Con il mio respiro accelerato e la mia calma, stavo impazzendo!

Fece ballare la frusta a caso, picchiettandola leggermente contro la mia pelle, non forte, ma con forza sufficiente per imporre la sua volontà alla mia insolenza.

Avevo bisogno di imparare rapidamente l'umiltà e la sottomissione o non sarei sopravvissuto quando la frusta mi avrebbe punito di nuovo.

* * *

Vladimir era di cattivo umore, i suoi shock gli stravolgevano i bei lineamenti.

Non era violento nonostante le sue tendenze naturali.

Preferiva affascinarla con il suo comportamento e il suo fascino, ma come ultima risorsa l'avrebbe fatto, avrebbe mostrato questa dimostrazione fisica dei suoi poteri.

Con suo disappunto, si rammaricò del punto che avevano raggiunto.

Tuttavia, non avrebbe segnato la sua pelle e non aveva intenzione di rompere completamente il suo spirito, voleva solo che lei fosse più attenta ai suoi bisogni.

Anche i vampiri li avevano.

Le coprì ripetutamente tutto il corpo con quelle carezze.

Impugnava la frusta, con la quale si era allenato a lungo, finché alla fine non la mise sulla parte posteriore dei piedi.

La sua pazienza si riafferma nuovamente di fronte al suo conformismo e alla sua mitezza nell'accettare la sua supremazia.

Kristina era una partita per lui in molti modi, ma non quando si trattava della sua autorità, che ha prevalso su tutto il resto, a mani basse.

* * *

Kristina sospirò quando finalmente lasciò cadere la frusta.

Forse sottomettermi a lui sarebbe la mia penitenza e la mia salvezza.

Vladimir mi tese una mano per sollevarmi.

Ero grato per questo.

Mentre mi alzavo, aggrovigliai le mani tra le ciocche di capelli sul suo petto.

Ha tirato scherzosamente i miei ricci dal basso, inserendo un dito e poi due allungandoli.

Appoggiando le mie mani sulle sue spalle allargai le gambe per tenermi in equilibrio.

Incrociando di nuovo i miei occhi con i suoi, sentii il suo potere, il mio respiro aumentava.

Le sue dita scivolano con i miei succhi che si muovono velocemente ora.

Li ha portati rapidamente alle nostre rispettive bocche e li abbiamo allattati.

I miei occhi si spalancarono mentre provavo me stesso, anche i suoi.

Quindi è tornato indietro per ripetere il processo.

Il succo scorreva lungo le mie cosce, quindi mi dimenai contro quelle dita che volevano ancora di più.

I tremori scivolarono dalla mia pancia.

La mia figa pulsava e banchettava contro le sue dita magiche.

Mettendo le mie dita nei suoi capelli, ho portato la sua bocca alla mia.

Assaporandolo, ho infilato la lingua dentro per combattere la sua e imitare ciò che stava accadendo altrove.

Dio, è stato fantastico.

Ringhiai nella sua bocca mentre raggiungevo gloriosamente quelle dita curiose.

Rompendo il bacio, ho girato la mia faccia sul suo petto per godermi gli effetti persistenti del mio orgasmo.

CAPITOLO X

Una volta che Kristina si è ripresa, l'ha portata a letto.

Cadendo sulle lenzuola sparse, si misero a fare qualcosa che non avevano fatto prima di questo punto.

Lentamente, si esplorarono pensierosamente i corpi l'uno dell'altro.

Mani e labbra alla ricerca di tesori da scoprire e parti relativamente intatte.

Vladimir fece rotolare Kristina sulla pancia, lasciandole le mani libere.

Impastando e modellando i delicati muscoli della sua schiena, la baciò lungo la schiena fino alle piante dei piedi.

Facendole il solletico con la lingua, le fece mettere un sorriso sulle labbra.

****

Pensieroso, mi voltai sulla schiena, gesticolando con le mani, e trascinai Vladimir verso di me.

Chiudo le braccia intorno a lui, meravigliandomi della forza della tensione in tutto il suo corpo.

Ho avvolto le mie gambe intorno alla sua vita appoggiandosi lì.

Le presi il viso tra le mani e le strinsi le labbra con le mie, sciogliendomi nel bacio.

Felice della sua dolcezza, sono andato avanti.

La sua pelle stava colpendo la mia.

Mi sono mosso contro di lei, desiderando il contatto.

La soddisfazione mi scorreva nelle vene.

****

Vladimir era disposto a seguire dove ha condotto questa volta.

Il suo cazzo si muove contro la continua bagnatura della sua figa cercando l'ingresso nascosto.

Strofinò il pollice contro il suo clitoride facendo cadere una piccola esclamazione dalle sue labbra socchiuse.

Dopo aver ricevuto il suo segnale non detto forte e chiaro, si rilassò nel suo calore.

Colpi lenti, lunghi e anche in accompagnamento con il pollice.

Mosse i fianchi e lo tirò più vicino a se stessa.

L'amore che ebbe luogo allora fu dolce e sincero.

* * *

Kristina si è esercitata a stringere i muscoli contro il suo cazzo duro.

Pulsando, le mie caviglie lo bloccarono nel mio calore.

Istintivamente mi allungai per mordicchiarlo sul petto.

Il piccolo membro si stava ora formando tra i miei giocosi capezzoli.

Leccandogli il corpo, scossi i fianchi.

Pura gioia si diffuse nel mio corpo alle risposte di Vladimir.

Godendo dell'impatto che promuoviamo l'uno sull'altro.

Senza pensare, senza tempo né realtà, ci doniamo gli uni agli altri.

"Mio signore Vladimir, resterò con voi per sempre."

"Kristina, di tua spontanea volontà, accetto la tua offerta."

Abbiamo concluso il nostro affare per il resto della notte.

TERZA PARTE
ANĐELKO

CAPITOLO XI

Ancora una volta, Kristina si è ritrovata sola quando si è svegliata.

Tuttavia, era con la piena consapevolezza di entrambi che erano stati completamente sazi la sera prima.

Un piccolo sorriso apparve sulle sue labbra mentre si stiracchiava lussuriosamente e dava il benvenuto alla giornata.

Il suo corpo faceva male, ma era con un senso di benessere.

All'improvviso, si rese conto di cosa l'aveva portata fuori dai sogni succulenti che aveva vissuto.

Forti colpi alla porta d'ingresso.

Plop! Plop! Plop!

E una voce urlò agitata e sollevata di rabbia.

Pensierosa, indossò la vestaglia che Vladimir le aveva lasciato e corse alla finestra.

Stankov!

Cosa ci faceva qui il fratello di Andrej?

Sbatté di nuovo il pugno verso la porta per la frustrazione e si voltò di fronte al portale.

"Stankov!" Urlò in risposta alla sua angoscia.

Riportò il suo sguardo furioso sul suo viso.

"Cosa ci fai qui? Pensavo che nessuno mi sarebbe mancato o sarebbe venuto a prendermi."

"Kristina! Stai bene?" La sua voce è roca, forte e piena di sollievo. "Sono venuto per riportarti al posto a cui appartieni. Goran ha visto quel demone trascinarti giù e ti abbiamo seguito negli ultimi due giorni. Dai, Kristina, il giorno sta crescendo e dobbiamo essere via velocemente."

La sua urgenza si traduceva in lei, ma sapeva che non poteva essere.

Vladimir lo avrebbe picchiato a morte insieme a tutti gli altri abitanti del villaggio.

"Devi smetterla, Stankov. Adesso appartengo a Vladimir." Si torceva le mani mentre lo diceva e sperava che l'apprensione che provava non comunicasse con Stankov. "Non posso venire con te. Mi sono sottomesso a lui e accetto il mio destino."

"Non puoi dirlo, Kristina! Se amassi Andrej non lo diresti." Si fece subito il segno della croce. "Metti in imbarazzo te stesso e il ricordo di mio fratello. Adesso esci o io entro?"

Ha iniziato a farsi prendere dal panico.

Stankov era testardo e poteva essere violento.

Aveva tormentato il suo gentile Andrej crescendo, deridendo i suoi sogni e prendendola in giro come sua scelta.

Stankov aveva deciso da tempo che l'avrebbe presa e quando lei ha rifiutato le sue avances, si è infuriato.

Stankov aveva persino cercato di comprometterla, cercando di abusarne.

Su Andrej, sapendo che la verità si era schierata con lei, la difese.

Ciò l'aveva portata ad essere emarginata dal villaggio.

Oh, odiava ferocemente Stankov.

Era lui la fonte di gran parte della sua infelicità.

Stankov aveva incitato Andrej a unirsi all'esercito del Kaiser.

I suoi occhi ardevano di disprezzo.

Lo avrebbe usato egoisticamente e lo avrebbe consegnato ai suoi amici.

Stava ringraziando Dio ora che Vladimir l'aveva trovata.

Che strana piega avevano preso gli eventi.

Il sudore si è formato sul suo labbro superiore.

Doveva pensare e scegliere le sue parole con saggezza.

"Stankov, ho trovato una nuova casa e desidero risiedere in pace. Puoi avere tutti i miei averi, vai e lasciami in pace. La mia decisione è presa."

Ha cercato di ammorbidirlo, supplicando arricciando la sua voce.

Stankov era avido; potrebbe andare avanti con l'idea.

Odiava essere così codardo, ma le sue opzioni erano molto limitate. Ringhiò:

"Non è finita, Kristina. Tornerò a prenderti! Hai solo rimandato l'inevitabile." La sua voce era piena di gioia sadica. "E ti farò pagare per non partire adesso."

Si voltò sui talloni, chiamando Goran.

Barcollò verso i cavalli.

Oaf! Lei ha pensato.

Era alto, ma con spalle curve e capelli unti e fibrosi.

Il suo alito era offensivo e i suoi denti erano anneriti.

Tuttavia, il suo aspetto trasandato non ha diminuito il potere nel suo corpo.

Il suo petto e le braccia erano increspati dai muscoli e le sue cosce erano costruite con forza.

Il suo passo si allungò, diede un'ultima occhiata a dove era radicata.

Era l'esatto contrario di Andrej, sospirò.

Dove Stankov era tutta forza bruta, Andrej era stato poesia e bellezza.

Oh davvero come mi mancava.

Quando se ne andarono si lasciò sfuggire un sospiro di sollievo, ma ora le rimasero i ricordi di Andrej.

Piangeva silenziosamente, le lacrime le scorrevano lungo le guance mentre si liberava.

Le risate e la gioia che avevano condiviso insieme.

La dolcezza dei suoi baci, così dolci e amorevoli.

Il dolore riempì la sua anima ancora una volta per la sua perdita.

CAPITOLO XII

Vladimir si mosse e gemette nel sonno.

Sentiva che le cose non andavano bene e questo lo faceva arrabbiare molto.

La sua mente cercò dove si trovasse Kristina, felice che fosse nella sua stanza.

Si acciglò alle sue lacrime ed era frustrato dal fatto che fosse troppo presto per andare da lei.

Ha cercato di connettersi con la sua mente per cercare le sue risposte, ma ha trovato chiuso per lui.

Questo non dovrebbe essere cambiato.

Ha riflettuto.

Per quanto determinata com'è, deve anche imparare questa forma di comunicazione.

Sapendo che non c'era nulla che potesse fare per il momento, decise di conservare le sue forze e di andare a fondo quando riemerse.

* * *

Kristina sentì un tocco di qualcosa scivolare ai margini della sua mente.

Momentaneamente distratta, cercò di trovare la fonte del suo disagio.

La futilità ha incontrato i suoi sforzi.

Sospirando, si asciugò le lacrime dagli occhi e distolse lo sguardo dalla finestra.

La stanza era un disastro per le sue buffonate la sera prima.

Questo effettivamente la fece sentire meglio, ricordando di essere stata amata la scorsa notte.

Decise che era ora di provare a esplorare la sua nuova casa.

Istintivamente e sapendo che avrebbe trovato la porta sbloccata, l'aprì in un corridoio decorato.

Oh! Lei ha respirato.

La magnificenza la circondava da ogni parte.

Le modanature che separavano le pareti dal soffitto erano intagliate in legno chiaro.

Scarsamente arredato con busti, statue e splendidi tappeti, il corridoio si estendeva per tutta la lunghezza della casa con porte periodicamente intervallate.

La sua naturale curiosità sorse e iniziò a esplorare con facilità.

Sbirciando nelle stanze, trovò finalmente la stanza di Vladimir.

Dire che era maschio sarebbe un eufemismo.

Il suo magnifico letto aveva una testiera e un battiscopa finemente intagliati.

Il suo armadio ripeteva lo stesso tocco scuro che indossava.

C'erano catene e manette attaccate a ogni palo.

Esitante, si avvicinò a loro e ne fece scorrere un dito.

Il braccialetto era realizzato con la migliore pelle intagliata al mondo, l'interno rivestito con la più morbida pelle di lupo.

Fece una smorfia alle implicazioni di questo.

Ma non aveva più paura del suo amante oscuro.

Avvicinandosi al lato del letto, sollevò un ginocchio verso il copriletto e si fece strada attraverso l'ampia distesa per godersi la sua sensazione di raso.

Sentendosi decadente, si distese e si crogiolò nella freddezza insita lì.

Sorridendo in estasi, chiuse gli occhi, immaginando le sue mani sul suo corpo, sottomettendosi di nuovo alla sua volontà.

Nonostante la sua recente perdita, sentiva di appartenere già a quel posto e odiava lasciarlo.

Rannicchiata su un fianco, scivolò in un sonno leggero.

* * *

Al risveglio, diverse ore dopo, con i capelli sciolti avvolti intorno al corpo, iniziò a esplorarlo, cercando i luoghi che a Vladimir piacevano di più.

La sua mano indugiò sul suo petto, il suo capezzolo si increspò per un minuto, ricordando la sensazione delle sue labbra e delle sue zanne lì.

Si avvicinò in punta di piedi al ventre e vi passò una mano, sempre più in basso, persa nel fascino delle carezze ricordate.

Alla fine, la sua mano raggiunse i suoi riccioli inferiori, leggermente umidi già per i suoi sforzi.

Facendo scivolare un dito contro le sue pieghe, lei inserì con gioia il suo dito con la sua crescente eccitazione.

Chiudendo gli occhi, ha giocato qua e là, aprendosi all'esperienza, qualcosa che non aveva mai fatto prima.

CAPITOLO XIII

Vladimir, finalmente sveglio, appassionato dei sentimenti che Kristina stava esplorando, fu felice di trovarla nella sua stanza.

Il suo corpo vibrava mentre si identificava con lei così da vicino, dopo averla assaggiata, non avrebbe mai perso questa connessione.

Nonostante la sua fame insaziabile, ha deciso di andare a giocare con lei per un po'.

Avrebbe aspettato che lei si addormentasse ogni notte per andare a caccia.

La sua mente desiderava la sua intelligenza e il suo spirito, quando glielo mostrava.

Il suo corpo soffriva per il suo, così ansioso di apprendere tutto ciò che aveva da offrire, e alla fine, mentre desiderava trasformarla, sapeva che non l'avrebbe fatto.

Almeno non ancora.

Gli piaceva il suo calore e la sua umanità, nessuna delle quali era disposto a perdere.

Alzandosi, corse in camera sua, desideroso di godersi ancora una volta la sua carne giovane.

Aprendo la porta, si bloccò per un momento, guardandosi indulgere.

Il suo respiro aumentava a ogni colpo.

Lo sguardo di Kristina si fissò con il suo e la sua audacia aumentò.

Allargando le gambe più larghe, invitando a un'ispezione più ravvicinata, si inarcò sinuosamente dal letto, guardandolo.

Ah, pensò, stasera interpreterà la stronza e la tentatrice.

Stese lentamente la lingua e si leccò le labbra in attesa.

***

Non era sicura di come procedere, ma a Vladimir non sembrava importare.

Si spostò lentamente e con grazia verso il bordo del letto e iniziò a togliersi i vestiti, impilandoli ordinatamente sulla panca che risiedeva vicino al letto.

Il suo corpo nel tenue bagliore della luce delle candele, che si rivela ai suoi occhi dilatati.

Il suo polso pulsava alla base della sua gola, il suo petto si alzava e si abbassava con i capezzoli induriti, il suo addome teso attirò i suoi occhi per un secondo.

Non aveva mai avuto la possibilità di apprezzare appieno il suo corpo, ma ora si stava prendendo il tempo per assaporare ciò che lui aveva portato e continuò a giocare con se stessa mentre lo faceva.

Le sue cosce potenti e i polpacci muscolosi la incoraggiarono ancora di più, soprattutto vedendo quanto fosse grande il suo pene, completamente esteso.

Si alzò per sdraiarsi contro la sua pancia inferiore.

Il suo Vladimir stava di fronte a lei con orgoglio e senza vergogna, incoraggiandola a vederlo pienamente.

Si voltò lentamente per mostrarle la schiena.

I muscoli che ondeggiavano in tutto il suo corpo al respiro espulso.

Le sue dita desideravano accarezzargli la schiena, rastrellargli le unghie, modellarlo sotto le mani.

Le sue natiche sode, rotonde e dure le tolsero il fiato.

Di fronte a lei di nuovo, si inginocchiò sul letto e si fece avanti sulla sua figura tremante.

Una delle sue dita coprì quella di lei, quella che si muoveva contro le sue labbra sensibili, e si mosse con lei.

Potevo vedere che si stava godendo la macchia di saliva che ora si stava trasferendo al dito.

Con uno sguardo, alzò il dito per assaporare ciò che aveva depositato lì.

Non furono pronunciate parole, nessuna necessaria.

All'improvviso sentirono avvicinarsi un leggero trambusto.

Accigliandosi, con la faccia rapidamente adirata per questa interruzione, Vladimir andò alla finestra e aprì la tenda, per sbirciare.

Si voltò verso di lei, una maschera terribile che la spaventò un po 'per la sua intensità.

"Abitanti del villaggio! Portano torce e croci! Che ne sai di questo, Kristina? Dimmi subito perché non ci sarà sangue se continuano con questo!"

Il veleno usciva letteralmente dalla sua bocca mentre sputava mentre parlava.

"Mio signore." Tremava e gli raccontò rapidamente della visita mattutina di Stankov e Goran.

"Bah! Mi occuperò di questa insurrezione! Devi restare dove sei, mi senti?" Quasi glielo lanciò contro.

Lei annuì docilmente al suo comando.

Si vestì un po 'di fretta e se ne andò, chiudendo la porta dall'esterno.

Quando è successo, è corso alla finestra.

Il suo respiro quasi si fermò mentre aspettava il confronto.

Quello stupido, Stankov, guidava il gruppo che si stava avvicinando rapidamente.

Dal suo punto di osservazione, poteva vedere Vladimir andarsene, con due levrieri della steppa al suo fianco.

Vladimir si preparò imperiosamente per un confronto sicuro.

Alcuni membri del gruppo attaccante hanno mostrato esitazione nei loro passi, ma Stankov si fece avanti con uno sguardo determinato sul volto.

"A cosa devo il piacere della vostra compagnia?" Vladimir eleganza nella sua voce.

Kristina non se lo aspettava.

Aspettava pigramente il gruppo, sembrava ormai indifferente rispetto a pochi minuti prima in camera da letto.

Una mano appoggiata su ciascuna delle teste dei segugi.

"Si rendono conto che il trattato è in vigore da quasi un secolo. Perché romperlo adesso?"

Le sue sopracciglia alzate aggiungevano profondità al significato delle sue parole, piacevolmente come parlava in quel momento.

Kristina poteva vedere la rabbia appena controllata tremare sotto il suo comportamento.

La sua pazienza era stata severamente punita in quel momento.

"Portaci la ragazza, tu! Il nostro accordo era che non interferissi con gli affari del villaggio. Il tuo comportamento abominevole ci ha portato qui. Non me ne andrò senza la ragazza." Stankov sputò per terra.

"Che insolenza da parte di un cucciolo. Stai attento alle tue parole e alle tue azioni. Kristina ora appartiene a me. Non mi importa delle tue attenzioni. Il contratto aveva anche un codice che diceva che se qualcuno come lei mi avesse chiamato, avrei avuto diritto a lei. Per garantire la continua prosperità del tuo villaggio, ne avrei rivendicato uno come mio ogni cento anni. Era giunto il momento. Gli anziani del tuo villaggio che hanno firmato il patto avevano più rispetto! Bah! Vai! Prima che tu abbia motivo di pentirti!"

Kristina trattenne il respiro, guardando la scena che si svolgeva davanti a lei.

Non era altro che un oggetto da scambiare?

Le sue preoccupazioni iniziali per tutte le parti svanirono quando contemplò questa idea.

Ha scoperto che l'idea non le piaceva affatto.

! Dumb Si è rimproverata. Non verrò trattato come tale!

Si guardò intorno in cerca di un mezzo per sfuggire ai confini della stanza, determinazione evidente in ogni passo.

Si vestì e si tirò su i capelli a caso, guardando da ogni lato per avere la possibilità di aprire la porta.

* * *

Vladimir era leggermente divertito dai pensieri che gli attraversavano la mente.

Li avrei affrontati più tardi.

Il problema immediato era affrontare l'ammutinamento, e nonostante il ringhio della gola bassa di Darija e Roko, il piccolo gruppo continuò con aria di sfida davanti a lui.

Erano dotati di forconi, paletti, croci e torce.

Il divertimento di Vladimir aumentò di dieci volte.

Bah!

Immaginava che avessero sentito troppe leggende antiche che erano prive di valore.

Fece un passo avanti e con la forza della sua personalità li indusse a ritirarsi collettivamente, ad eccezione di Stankov.

La pura volontà lo ha fatto mantenere la sua posizione.

L'uomo era stupido come pensava Vladimir.

"Non mi spaventi! Voglio quello che è mio! Quello che mi ero promesso! Andrej era debole; non sapeva come trattare una donna calda come Kristina! E lo farò!"

Stankov calpestò il terreno con uno stivale e cercò di portare la torcia accesa sul viso di Vladimir.

I cani balzarono in aria e gettarono a terra Stankov, inchiodandolo a terra.

I suoi denti digrignanti sfiorarono a malapena la carne del suo viso.

Anche sulla schiena, Stankov guardò Vladimir con aria di sfida.

"Stai mettendo alla prova la mia pazienza! Andate tutti! Adesso! Prima che liberi i cani dell'Inferno! Prima che prenda le vostre donne e i vostri bambini e li renda miei servi! Prima che maledica i vostri campi a Possa tu giacere a riposo e morire di fame! Sono onnipotente e distruggerò completamente chiunque si opponga alla mia volontà!"

Gli occhi viola di Vladimir sembravano brillare di una sfumatura rossa ed era più pallido di prima.

Scoprì le zanne e rivolse loro un sorriso malvagio.

Punzonando le sue parole senza che sembrasse aver bisogno di alcuno sforzo, fece alzare Stankov da terra e levitare incredulo.

Gli abitanti del villaggio lasciarono cadere i loro attrezzi e corsero più velocemente che le loro gambe potevano trasportarli, per non tornare mai più alla villa.

Stankov tremava violentemente e cercava sollievo dal dolore che gli attraversava il corpo, come se fosse coperto di formiche infuocate e tormentasse la sua carne.

Rabbrividì e tremò con una voce piena di dolore che supplicava la creatura davanti a lui:

"Vado! Vado! Lasciami andare, non ti darò più fastidio!"

"Sei incorso nella mia ira, contadino! Non hai più libertà di scelta. Non trovo compassione per te o per la tua situazione! Le tue intenzioni nei confronti di Kristina non rimarranno impunite. Come tale, sei condannato a camminare sulla Terra da questo momento come un non morto. Impotente. Sarai vulnerabile a qualunque cosa ti accada. Ti difenderai e nessuno ti aiuterà. Ripeto, nessuno può salvarti!"

Detto questo, Vladimir si morse il collo, prosciugandolo fino alla morte, lasciandolo in bilico tra la vita e la morte.

Lasciò che Stankov cadesse a terra e guardò Darija e Roko trascinarlo con i denti fuori dalla vista.

Lasciò il segno e il profumo del suo disgusto che permeava l'aria intorno a Stankov.

Sapeva che i suoi compagni vampiri avrebbero lasciato qualcuno come lui per andare avanti da solo verso il destino.

Nessuno si sarebbe offerto di salvare la sua inutile pelle.

Con un sorriso soddisfatto che giocava sulle sue labbra, Vladimir si voltò per affrontare Kristina e la sua furia ardente.

CAPITOLO XIV

Anđelko, l'amato servitore di Vladimir, ha sentito le grida di frustrazione di Kristina.

Si affrettò alla porta, ascoltando il suo sfogo e il suo sfogo mentre cercava di aprire la serratura.

Ma esitò, incerto sulla causa della sua rabbia.

"Signora Kristina? Io sono Anđelko, il servitore di Vladimir. Posso aiutarti in qualche modo?"

"Lasciami uscire!" Sbatté contro la porta in uno scoppio di rinnovata rabbia.

"Non capisco cosa sia successo qui e non incorrerò nell'aggravare l'ira del Maestro Vladimir." Ha detto semplicemente. "Sono sicuro che quando il Maestro Vladimir avrà affrontato l'insurrezione alla sua porta, la vedrà di nuovo."

"Adesso mi farai uscire, Anđelko! Non sono un pezzo di carne per cui i cani possono combattere! Il tuo padrone ha molto di cui rispondere!" Kristina continuava a bussare alla porta.

"Ah ... ecco che sta arrivando il Maestro!"

Anđelko fu sollevato, nonostante vedesse le braci accumulate di rabbia fresca ancora presenti sul volto di Vladimir.

Si inchinò in silenzio e si diresse in cucina per preparare un pasto leggero per loro.

Vladimir riconobbe Anđelko, mettendole una mano sulla spalla in segno di cameratismo e facendole l'occhiolino.

Anđelko rise in silenzio, sapendo che Kristina sarebbe stata rimproverata per il suo comportamento, o era il contrario?

Vladimir è entrato nella stanza e ha subito alzato una mano per respingere i vari oggetti che Kristina gli stava lanciando.

Il suo corpo si contorse divertito per la sua rabbia.

Quanto gli piaceva vederla così.

Quasi come una valchiria vestita per la battaglia.

I suoi capelli le girarono intorno senza inibizioni.

La sua posizione si stabilì mentre si avvicinava con noncuranza a lui per lanciargli gli oggetti.

Il suo petto si sollevava e le orbite spuntavano dalla parte superiore della veste.

La sua pelle era arrossata e il suo respiro affannoso.

Vladimir ha preso tutto in un colpo d'occhio.

Un momento dava le spalle alla porta, quello dopo si era appuntata Kristina al petto.

"Aargh! Come hai fatto? Bestia! Creatura demoniaca! Mi hai mentito! Di quale patto hai parlato? Voglio andarmene subito! Non hai il diritto di tenermi qui!"

Si agitò con passione e rinnovato vigore, cercando di liberarsi dalle sue braccia.

I suoi primi sentimenti di tenerezza per lui furono dimenticati nella sua rabbia.

Vladimir in realtà alzò gli occhi al cielo per un momento, pregando per avere pazienza.

Non aveva dimenticato come farlo, dato che era stato un uomo devoto prima della sua trasformazione.

E in quel momento era lei a mettere alla prova la sua pazienza.

La scosse dolcemente, catturando i suoi occhi con i suoi.

"Devi rinunciare, Kristina, subito! Ti dirò tutto, ma questo atteggiamento si ferma ora. Adesso calmati e ascolta quello che ho da dire."

Kristina lo guardò con sospetto, il suo petto ancora premuto contro Vladimir.

Ciò ha causato una contrazione inferiore che per il momento ha ignorato.

Le prese la mano e la guidò verso la porta, con sua sorpresa.

Percorsero il corridoio fino alla grande scalinata che Kristina non aveva avuto modo di esplorare prima, e poi entrarono nella sala da pranzo.

Vladimir aiutò Kristina a mettersi su una sedia e si trasferì rapidamente alla sua.

Anđelko servì loro in silenzio un pasto freddo a base di vino e si ritirò sulla parete più lontana in attesa di ulteriori istruzioni.

Kristina guardò Anđelko con attenzione e per la prima volta, un lampo di memoria le attraversò il viso.

Sembrava vagamente familiare eppure non riusciva a individuarlo.

Anđelko, da parte sua, si mosse a disagio per la franchezza nel suo sguardo color smeraldo.

Si chiedeva se Vladimir fosse pronto a parlare di tutto.

Non era sicuro se gli sarebbe piaciuto il cambiamento che avrebbe potuto sperimentare se avesse saputo chi era veramente.

* * *

Kristina lo stava guardando e vide un uomo alto, ma un po 'più basso di Vladimir.

Anđelko aveva occhi azzurri con iridi blu scuro, ciglia lunghe, che di solito non si trovano in un uomo, zigomi alti e prominenti e un naso leggermente storto per essere stato rotto da giovane.

Le sue labbra erano piene, con rughe di risata che delimitavano gli angoli della bocca.

Aveva lunghi capelli biondi ricci che le sfioravano la nuca mentre le ricadevano lungo la piccola schiena.

I suoi avambracci erano costruiti in modo potente in base a ciò che lei poteva distinguere dal vederli sotto le maniche rimboccate.

E la camicia bianca a gola aperta scorreva con grazia nei suoi semplici pantaloni da contadino.

Il suo corpo tradiva il suo ricco passato contadino, ma era ben proporzionato.

"Kristina". Vladimir inspirò per attirare la sua attenzione da Anđelko. "Ho vissuto a lungo e bene, anche se a volte sono solo. Nel cercare un modo per placare la mia sete, gli abitanti del villaggio sentivano che il loro numero di persone stava diminuendo. Nel tentativo di concordare, ho accettato di astenermi dall'essere indiscriminato nei miei rapporti con loro e loro a loro volta hanno accettato di darmi protezione durante le ore diurne. Così, ho viaggiato ulteriormente per soddisfare le mie esigenze e quei viaggi hanno fornito il mio amato Anđelko e hanno diffuso la parola che sarei stato illeso. Questo è il patto su cui ho Quell'idiota di Stankov. Conteneva anche una clausola che diceva che se il mio bisogno di compagnia si fosse ripresentato, sarei stato libero di cercare tale compagnia tra gli abitanti del villaggio se l'avessi limitata a una volta ogni cento anni. Il nostro accordo è stato vantaggioso per tutti ".

"Perché non sapevi di questo patto? E perché io?"

"Non sapevo che gli abitanti del villaggio tenessero segreto il contenuto. Dato che la famiglia Stankov desiderava una posizione di autorità ed erano gli autori del patto, avrebbero potuto mantenerlo per evitare conflitti. Quanto a te, il tuo dolore ha cantato nel mio cuore. Era così semplice. Ed era il momento, secondo me, di un'amicizia come quella che mi hai dato. "

Kristina lo capì lentamente nella sua mente.

"Molto bene, posso accettarlo alla lettera. Mi hai davvero aiutato molto portandomi qui. Non so per quanto tempo sarei sopravvissuto da solo. Andrej era il mio tutto e perderlo ... non avevo più la volontà. continuare ".

Fece un lungo respiro e si scostò le ciocche di capelli dal viso.

Il cuore di Vladimir sussultò alla vista di lei, dei suoi movimenti e della sua accettazione.

Semplice accettazione.

Ha rafforzato il fatto che lui avesse scelto saggiamente e che lei fosse una donna per stare al suo fianco.

Sorrise leggermente prima di continuare.

"Anđelko faceva parte dei miei rapporti con gli abitanti del villaggio. Si è davvero offerto volontario e la ragione per cui ti sembra in qualche modo familiare è che è il bis-bisnonno di Andrej. Ha deciso di andarsene, ha scelto di entrare nel servizio nel tentativo di evitare contese. E paura che qualcun altro lo facesse o che si tenesse una lotteria. Era un uomo coraggioso e gli faccio tesoro di tutto il cuore. Aveva perso sua moglie anni prima ei suoi figli erano cresciuti. È stato un compagno inestimabile per me e anche tu dovresti trattarlo come tale anche tu Non voglio essere duro con te, ma a questo punto sono ferma Kristina Mi capisci?

Kristina aveva inspirato di nuovo bruscamente dopo aver sentito questo.

Studiò Anđelko con rinnovato vigore, facendo arrossire l'uomo.

"Come sta, Vladimir? Come sta lì davanti a noi come un giovane corpulento, se è un lontano parente di Andrej?"

Anđelko si fece avanti per rispondere.

"Signora Kristina, Vladimir mi ha reso sua serva in ogni modo possibile, anche usandomi come donatrice surrogata in alcune occasioni. Così facendo, mi ha lasciato senza invecchiare, e io preserva la mia giovinezza. Ho avuto il privilegio di osservarla da lontano e ho visto come eri con Andrej. Mi ha fatto piacere che il mio signore avesse scelto così saggiamente. La tua gentilezza e il tuo amore per lui erano evidenti. Sarebbe stato un onore sapere che hai la protezione di Vladimir. Andrej spesso si chiedeva se potesse essere di qualche utilità per lui. Vladimir, ma ha capito che questa non era la sua strada nella vita ". Anđelko spiegò gentilmente a Kristina.

Era di nuovo scioccata.

"Andrej non ha condiviso nulla di tutto questo con me. Non avevo più notizie di Vladimir oltre queste due notti in poi. Sono lieto di conoscerti, Anđelko. E grazie per le tue gentili parole." Kristina continuò a fissarlo stupita, vedendo alcune somiglianze familiari con Andrej, le parti che erano passate insieme a Stankov.

* * *

Anđelko gli sorrise affettuosamente.

Era anche degna del suo Maestro.

Il suo spirito era solo una corrispondenza per lui.

Anđelko era contento di come erano andate le cose, conoscendo da tempo il destino di Andrej.

Tuttavia, il ruolo di Kristina stava diventando chiaro solo per lui.

Ma col tempo, se fosse così, si sarebbe innamorata del Maestro e lui non avrebbe potuto chiedere di più.

Sperava che sarebbe rimasta, anche solo per i suoi soldi, dato che Vladimir si annoiava facilmente e aveva bisogno di essere preso in giro di tanto in tanto.

Anđelko ora sorrise a questo.

* * *

Kristina riportò lo sguardo su Vladimir.

Lo guardò attentamente, mettendo alla prova la sua determinazione.

Pesando i suoi pensieri, azzardò.

"Va bene. Come ho detto prima, posso accettare quello che sta succedendo. Posso anche accettare che Andrej non abbia condiviso questo con me. Tuttavia, ho alcune domande."

Vladimir inarcò un sopracciglio a questo, chiedendosi dove stesse correndo la sua fertile immaginazione.

Attese pazientemente che lei iniziasse.

"Come desideri, cara. Chiedi senza problemi."

"Qual è il mio ruolo? Voglio dire, oltre a essere il tuo amante, ho uno scopo?"

"Puoi essere tutto ciò che vuoi, Kristina. Puoi anche essere al mio fianco, ma mi prenderò cura di te e ti adoro come dovresti essere adorata."

Piccoli battiti di passione percorsero il suo corpo dopo aver sentito questo.

Vladimir aveva trovato la sua strada nel flusso sanguigno e questo la faceva sentire apprezzata.

Sospirò con desiderio.

"Allora desidero ciò che Tu desideri per il mio Signore. Tuttavia, sono esperto nelle arti medicinali e desidero continuare a servire gli abitanti del villaggio. Nonostante tutta la recente animosità, mi sono ancora concesse tali attenzioni. Sarebbe appropriato?"

"Sì, puoi occuparti degli abitanti del villaggio. Tuttavia, poiché Stankov chiaramente non può riposare nel suo scopo, chiederei ad Anđelko di partecipare alle tue visite con te. Questa è Kristina non negoziabile."

Kristina respirava espressamente per la sua alta disposizione, ma capitolò.

Non aveva voglia di affrontare di nuovo Stankov.

"Che fine ha fatto Stankov, Vladimir?"

"È in uno stato di flusso, in cui rimarrà. Né completamente in questo mondo né nel mio mondo. È stato spogliato del suo sé mortale e tuttavia camminerà ancora una volta tra la sua gente. Perderà il suo status all'interno del villaggio di Spalato e sarà difficile per lui mantenersi. È stato condannato a questo non per il suo tentativo di sfidarmi, ma per la sua incrollabile avidità nel voler possedere te stesso. Potrebbe conoscere alcuni dei pensieri del suo cuore oscuro, ma io non li conosco. tutti ".

Vladimir odiava rivelare così tanto su di lui, ma sapeva che Kristina avrebbe continuato a conoscere l'intera verità.

***

Kristina era un po 'preoccupata per la notizia, ma poi annuì.

Che scelta aveva davvero?

Il processo era stato svolto e persino Anđelko aveva accettato.

I pensieri le passarono per la mente sulla situazione e si chiese fino a che punto i due uomini, vampiro e servitore, avessero pianificato per il recente futuro.

Sapendo che non poteva cambiare quello che avevano fatto, cambiò di nuovo orientamento.

Prese il cibo pensieroso mentre cercava il coraggio di fare la domanda successiva.

"Dovrei essere come te, Vladimir?"

L'ha detto così in fretta che è uscito davvero come me come il tuo Vladimir?

Vladimir ha detto abbastanza naturalmente:

"Resta da vedere, Kristina. Prenderai questa decisione, non io. Dato che io stesso ho due opinioni in merito, esaudirò i tuoi desideri. Tuttavia, lasciami ribadire che apparterrai sempre a me. Il tuo rilascio arriverà con la tua morte naturale o se qualcun altro sconfiggimi in una battaglia per te. Se rimani mortale, il pericolo abbonda. Ho nemici potenti che ti userebbero per attaccarmi. Se ti guido a convertirti completamente, il rischio diminuisce, ma rimane. Pensaci amore mio, lo so qualunque decisione prenderai sarà nostra. "

Vladimir le si inchinò cortesemente mentre diceva questo.

Gli occhi di Kristina si volsero alle possibilità davanti a lei.

Sapeva che sarebbe stato ancora di Vladimir, sembrava predestinato.

Non era del tutto sicura di come lo sapesse, ma questa creatura dagli occhi viola la ipnotizzava come nessun altro, nemmeno Andrej.

Non si sentiva sleale nei confronti di Andrej per questo, poiché lo avrebbe sempre amato.

Tuttavia, quest'uomo prima di lei ha affascinato la sua mente, corpo, anima.

Si sentiva viva in modi che non avrebbe mai immaginato potessero esistere.

Sì.

Aveva molto su cui riflettere e avrebbe avuto più domande, ma per ora si accontentava di sedersi e assorbire tutto ciò che le era stato rivelato.

QUARTA PARTE
MARKOVIC

61

CAPITOLO XV

Più tardi quella settimana, nel tardo pomeriggio, Kristina ha deciso di andare a fare una passeggiata con Ankoelko come escort.

Aveva preso l'idea di poter uscire, nonostante i pericoli intrinseci descritti da Vladimir.

Stava ballando per metà lungo il sentiero leggermente ricoperto di vegetazione che conduceva nella foresta circostante mentre Anđelko la teneva pazientemente in vista mentre saltava casualmente.

Si imbatterono in una radura nella foresta che fece sì che Kristina lo guardasse con apprezzamento.

Ha iniziato a raccogliere margherite per metterle insieme e presto Anđelko ne ha indossato una bellissima ghirlanda, inoltre Kristina ha indossato anche una collana e una corona.

"Anđelko, per favore dimmi di più sul tuo tempo con Vladimir. In effetti, sono curioso."

Lo guardò innocentemente da sotto le ciglia, mentre una margherita copriva parzialmente un occhio color smeraldo.

"Cosa vuoi sapere, ragazza? Lo amo, sono in debito con lui e sono orgoglioso di essere suo amico." Anđelko ha affermato con enfasi.

"Com'è sapere che tutte le persone che amavi sono uscite da questa vita?" Lo disse malinconicamente, con le lacrime agli occhi.

Anđelko sembrava leggermente a disagio per le lacrime, non volendo provocargli dolore.

Aveva amato Kristina dalla scorsa settimana, poiché Vladimir l'aveva completamente affascinata e si stava adattando molto bene al suo nuovo ambiente.

In effetti, era adorabile seduta lì con la luce del sole calante che le riscaldava il viso, uno sguardo di soddisfazione su di lui.

I suoi capelli erano stati intrecciati all'indietro in una colonna ordinata che le adornava il collo fino al centro della schiena.

Lo aveva coperto con una sciarpa dai colori vivaci per tenere fuori parte del calore del sole.

Era una brava ragazza e aveva già portato la felicità a casa sua, e di questo gliene era molto grato.

"Figlia, ho vissuto la mia vita come mi sembrava appropriato." La partenza. "Ero in lutto e lo ero stato per diversi anni prima che il patto fosse emanato. Ho amato profondamente e amato i miei figli e nipoti ei figli dei loro figli, ma la mia vita era molto vuota senza la mia amata Lucija. Il sole è sorto e andava d'accordo con lei, non diceva mai una parolaccia a nessuno e vederla scivolare via lentamente giorno dopo giorno mi ha strappato il cuore. Una febbre aveva invaso la città, proprio come quella che ha tolto la vita ai tuoi genitori e mentre la guardavo affondare ulteriormente Nel profondo della malattia ho capito cosa stavo perdendo. Mi sono arrabbiato molto con Dio perché ha picchiato una persona così gentile come lei in tutta la sua bontà. E per un po 'sono diventato un imbroglione ubriaco, fino all'arrivo del Maestro Vladimir ".

Kristina era affascinata dalla storia di Anđelko e vi ha prestato molta attenzione.

Guardò le fugaci emozioni attraversargli il viso mentre raccontava la sua storia e si dimenò con impazienza quando si fermò per prendere un sorso d'acqua dalla fiaschetta accanto a lui.

"Il Maestro Vladimir si rese presto conto della mia infelicità, anche se non disse nulla. Eravamo seduti di fronte a un falò scoppiettante, martellando i dettagli del patto e non riuscivo a staccargli gli occhi di dosso. Mi ha ipnotizzato con la sua grazia, la sua parola e la sua movimenti fluidi del corpo. Era personificato dalla grazia. Alla fine mi sono avvicinato e gli ho chiesto umilmente di servirlo. Ha prontamente accettato e una volta che il patto è stato sigillato nel sangue, ho salutato la mia famiglia e sono andato con lui al maniero ". Anđelko sospirò.

"Non è stato facile all'inizio essere in sua presenza. Io, un semplice contadino circondato da tutta la bellezza e l'eleganza del suo mondo. È stato sempre paziente con me, fino al giorno in cui ..."

Anđelko si fermò al suono inaspettato di un passo.

Con cautela si alzò in piedi e si mise sui fianchi davanti a Kristina.

Percepiva il male di una presenza che si avvicinava ed era pronto a combattere fino alla morte, se necessario.

Non rischierebbe che Kristina, la sua vita o il suo onore facessero di meno.

La malevolenza permeava la radura mentre aspettavano con ansia il pericolo imminente.

La creatura che si è staccata dal fogliame circostante aveva il pelo sul retro del collo irto.

Stankov! Pensò Kristina con un brivido, o meglio quello che restava di lui.

Era mortalmente pallido con un bagliore selvaggio negli occhi e sembrava immune alle sue sofferenze.

I suoi vestiti erano a brandelli e le sue scarpe stavano cadendo a pezzi.

Guardò Kristina con apprezzamento, un'espressione di desiderio evidente sul suo viso.

Al suo fianco c'era un fodero che conteneva una lunga spada nel fodero.

Lentamente, accarezzando, la sua mano giocava sull'elsa, quasi come un amante.

Il suo respiro putrido attraversò facilmente l'altro lato della radura, facendo rabbrividire Kristina.

Anđelko non la guardava mai, preferendo mantenere il contatto visivo con Stankov.

Spinse Kristina dietro la schiena ancora di più e sussurrò che se fosse caduta, sarebbe corsa come il vento verso la villa.

Ha inviato un fischio acuto per chiamare Darija e Roko nella speranza che arrivassero presto.

Stavano riposando nel piccolo fienile quando furono usciti per una passeggiata nella radura.

Quando Anđelko fischiò, Stankov si coprì le orecchie e urlò di dolore.

I suoi lineamenti si contorsero ulteriormente in una grottesca massa deforme che a malapena somigliava allo Stankov di un tempo.

Quindi estrasse la spada e fece un passo avanti.

"Amico, non so chi sei, voglio solo la ragazza. Dammela e ti lascerò vivere."

Stankov colpì l'aria davanti a sé, avanzando senza fermarsi.

Camminava zoppicando, ma questo non sembrava rallentarlo.

"No! Hai rischiato ancora una volta l'ira di Vladimir. Vedrai come ti mette al tuo posto con la tua continua insolenza verso lui e il suo popolo!"

Anđelko sembrava indifferente alle sue richieste.

"Un ultimo avvertimento, vecchio. Muoviti o muori. Non mi interessa cosa scegli. Personalmente, mi piacerebbe ricevere un po 'di punizione ... quindi sarà la morte!"

Anđelko sentì la lama tagliarle l'osso dell'avambraccio.

La sua camicia bianca ha assorbito il liquido rosso che è emerso quando è sgorgato.

Stankov non aveva inferto un colpo mortale, ma aveva chiaramente reso inabile Anđelko, che avvolse la sua mano libera sulla ferita.

Kristina ha visto la sua possibilità di affrontare Stankov e proteggere Anđelko.

Si fece avanti coraggiosamente.

Stankov gli mise la lama della spada al collo.

Kristina respirava attentamente, nonostante il suo petto ansante.

"Stankov, quest'uomo è il tuo bisnonno Anđelko! Fermati immediatamente, mi senti? Non mi sottometterò a te, ma vorrei che non morisse."

Stankov rimase senza parole e spostò la spada sulla parte superiore della sua spalla e tagliò abilmente il nastro che teneva in posizione la camicetta.

La camicetta era piegata lateralmente sulla parte superiore del torace, che mostrava parte della sua pelle cremosa.

Kristina cercò di mantenere inutilmente l'espressione disgustata sul suo viso.

Stankov rise minacciosamente e andò a tagliare l'altro lato proprio mentre Darija e Roko gli balzavano in silenzio sulla schiena, facendolo cadere in avanti.

Con la spada tesa davanti a lei, non sferrò un colpo fatale, ma i cani stavano facendo del loro meglio per farlo a pezzi.

Proprio quando Kristina pensava che lo avrebbero sicuramente fatto a pezzi, una seconda figura emerse dall'ombra.

Sollevò una mano ei due cani si scontrarono con la testa per giacere senza senso insieme su un lato.

"Che cosa abbiamo qui, Stankov? Vedo che hai ragione! Riconosco il servitore di Vladimir, Ankoelko!"

La creatura sputò a terra e avanzò ulteriormente nella radura.

Quello che una volta sembrava un paradiso e un'oasi di sicurezza per Kristina è stato distrutto dagli eventi in corso.

Lei sussultò e indietreggiò in un inutile tentativo di respingere lo sconosciuto.

Anđelko gemette sgomento.

Quest'uomo, questo vampiro, questa empia creatura della notte, era il nemico giurato di Vladimir.

Conte Stjepan Vanjavich Markovic!

Cosa ci faceva qui? pensò impassibile mentre il sangue continuava a colargli dal braccio.

Si tenne in equilibrio sui piedi nel tentativo di rimanere cosciente.

Markovic era noto per aggirare il campo montenegrino.

Era un uomo imponente, più alto della maggior parte dei suoi compatrioti, con tratti aquilini e labbra sottili che gli coprivano a malapena le zanne.

Le sue dita erano dritte e allungate e la sua postura elegante.

Il suo abito era di seta pregiata ed era confezionato su misura per la ricchezza che possedeva.

I suoi lunghi capelli scuri erano raccolti in una coda di cavallo stretta alla base del collo e i suoi occhi erano di un marrone caramello senz'anima.

Stankov si alzò lentamente e si rivolse al suo nuovo insegnante per chiedere la sua approvazione per prendersi cura dei due davanti a lui.

Gemette sommessamente per le sue nuove ferite, ma sapeva che il suo Maestro le avrebbe affrontate a tempo debito.

Era un puro caso che avesse incontrato Markovic!

Se non fosse stato per lui, si sarebbe congelato allo scoperto proprio come l'avevano lasciato.

Markovic lo aveva persuaso a guarire temporaneamente fino a quando non ha ripreso le forze e questo è quello che ha fatto.

Ha promesso la sua lealtà a Markovic e in cambio Markovic è stato felice di trovare un nuovo metodo per tormentare il suo odiato rivale.

Kristina trattenne il respiro ai suoi lineamenti.

Era ben formato, ma quegli occhi erano morti per lei.

L'hanno spazzata brevemente e l'hanno catalogata nello stesso modo di una non minaccia.

Era profondamente risentita nei suoi confronti, perché lo aveva fatto per Stankov, anche se non conosceva appieno il suo scopo.

Corse al fianco di Anđelko nel tentativo di aiutarlo a fermare l'emorragia abbondante.

Afferrò il suo fazzoletto e creò un laccio emostatico appena sopra il sito della ferita.

Era così concentrata nell'aiutare Anđelko che non si rese conto che Stankov stava prendendo una mano per accarezzarle la guancia.

Gli diede uno schiaffo, concentrandosi sul suo compito.

Sentì la forza del contrario che la lasciò sbalordita e fissata.

Prima che avesse la possibilità di reagire, Stankov la avvolse in un abbraccio come un orso e la accompagnò nell'oscurità della foresta.

CAPITOLO XVI

Vladimir si ritrovò completamente sveglio in un vortice di rabbia per la scena che si svolgeva nella sua mente, a causa del suo legame con Anđelko.

Mentre lasciava la villa e raggiungeva rapidamente la radura, trovò Anđelko a malapena cosciente e Kristina scomparsa, introvabile.

Prendendo il suo vecchio amico tra le braccia e guardando la sua vita scivolare via dalla perdita di sangue che scorreva sui suoi vestiti, Vladimir aprì il polso per metterlo delicatamente nella bocca di Anđelko per permetterle di nutrirsi.

La ricca nutrizione si è immediatamente spostata sul sito della ferita, facendola iniziare a chiudersi, anche se c'era un breve dolore dai suoi poteri curativi.

Come per l'effetto dell'acido fenico versato, la ferita ribollì per un momento e le conseguenze velenose furono espulse dal corpo di Anđelko.

Vladimir tirò fuori il laccio emostatico improvvisato di Kristina e se lo mise in tasca, grato per il suo rapido intervento per fermare l'emorragia.

Anđelko rimase per qualche istante ansimante tra le braccia di Vladimir, riprendendo le forze.

Mentre Vladimir le tolse la bambola dalla bocca e chiuse la ferita, per permettere il proprio processo di ringiovanimento.

Anđelko è stata completamente devastata dalla scomparsa di Kristina, non dalle sue ferite.

Ha permesso alla sua mente di essere aperta a Vladimir in modo da poter vedere liberamente l'intero incontro.

"Amico mio, non hai mancato alle tue responsabilità nei miei confronti. Hai combattuto valorosamente per proteggere Kristina." Vladimir ha parlato direttamente alla mente di Anđelko.

"Sai che Markovic è tornato ora. Padrone Vladimir, ha giurato di ucciderti al tuo ultimo incontro! Ora ha Lady Kristina. Non potevo sopportare che le accadesse qualcosa! La amo come se fosse una figlia e lei ti ha portato pace e felicità da quando è in casa ".

Anđelko chinò la testa per la continua vergogna, dimenticando che la corona di margherite pendeva ancora, danzando, dalla sua fronte, in modo un po 'incongruo nella scena di sangue e distruzione intorno a loro.

Nonostante la gravità della situazione, Vladimir si concesse uno sguardo rilassato per confondere i suoi occhi mentre guardava le provviste di Anđelko, comprese le margherite.

Ha contattato Darija e Roko in modo comprensivo e ha cercato nei loro corpi ferite che avrebbero bisogno di attenzione.

Ognuno ha avuto un colpo alla testa dove si erano scontrati, ma presto si sarebbero ripresi.

Un altro peccato che Markovic pagherebbe.

I suoi cani erano i suoi amati animali domestici e li teneva in buone condizioni.

Ha preso la sua decisione.

Avrebbe permesso a Darija e Roko di guarire naturalmente nella radura e avrebbe portato Anđelko alla villa dove il resto dei loro problemi poteva essere gestito molto meglio che là fuori.

Rapidamente, prese Anđelko e lo portò alla villa, depositandolo comodamente nella sua stanza spartana e tornando fuori ancora una volta.

Ritornò alla radura, dove Darija e Roko si stavano già muovendo.

Vladimir si fermò per dare un'occhiata più da vicino al campo di battaglia, usando i suoi acuti sensi per tutto ciò che gli mancava.

Toccò silenziosamente il pezzo di stoffa in tasca come collegamento con la sua Kristina.

I suoi occhi cercarono il sentiero che Stankov aveva percorso insieme alla riluttante Kristina al seguito.

Per quanto provasse, non poteva legarsi a lei.

Era stata nelle prime fasi di apprendimento di questo processo, ma non aveva ancora completato il compito.

In parte perché avevano perseguito altri obiettivi più piacevoli.

Vladimir si rimproverò momentaneamente per questa situazione e altrettanto rapidamente reindirizzò le sue energie alla ricerca di ulteriori indizi.

I suoi occhi viola videro un piccolo oggetto smarrito sulla strada, ai margini della radura.

Camminando lì, lo raccolse pensieroso.

Markovic sarebbe stato livido per la sua perdita, Vladimir lo sapeva.

Era un girocollo di velluto ceruleo con un ciondolo attaccato.

Dentro, Vladimir sapeva che avrebbe trovato piccole foto del suo vecchio amico Stjepan e della sorella di Stjepan, Đurđa.

Vladimir si premette l'oggetto alle labbra in ricordo di Đurđa.

Era lei la ragione per cui Stjepan Markovic lo disprezzava adesso.

Sospirando e stanco per le emozioni turbolente che questi pensieri oscuri causavano dentro di lui, Vladimir si mise in tasca la collana e tornò nella radura per valutare ulteriormente la scena e le sue opzioni.

Indagò a fondo in ogni parte della radura, prima di rivolgere di nuovo la sua attenzione alla strada.

CAPITOLO XVII

Kristina ha cercato di usare il suo corpo come leva per fermare il gigantesco Stankov.

Lo punì mordendolo finché non le afferrò di nuovo la testa da un lato.

Portandole una mano sul mento, costrinse il suo sguardo smeraldo a incontrare quello di lei, le sue intenzioni segnate chiaramente lì.

"Kristina, la pagherai a caro prezzo! Mi sfogherò con il tuo bel corpo e ti sottometterai a me." Stankov gli sorrise.

"Mi ucciderò prima di permetterti di toccarmi!" Kristina gli sputò con disprezzo, senza alcun segno di paura sul viso.

"Vivo, morto, non mi interessa. Il tuo corpo conoscerà il mio segno su di te. Sarò l'ultimo uomo a possederti e tu mi sentirai, te lo prometto." Stankov la schiacciò ancora di più contro il suo petto.

"Sei vile e blasfemo! Possa la tua anima marcire all'inferno!"

Kristina ha cercato di muovere il ginocchio per colpirlo e impedirgli di fermarsi, anche se solo brevemente.

Percependo le sue intenzioni, ruotò leggermente il corpo e abbassò le sue labbra crudeli sulla sua bocca vulnerabile.

Premendo le sue labbra insieme, spinse la sua grande lingua in profondità nella sua gola, facendola nauseare alla sua presenza e al suo respiro fetido.

Contorcendosi furiosamente, li fece scattare.

Lo sconosciuto è intervenuto in quel momento.

"Basta Stankov! Ho finito con il tuo gioco. Mi prenderò cura della ragazza. Le tue attenzioni idiote non mi priveranno della mia vendetta contro Vladimir. Ho aspettato molto più a lungo di te per trionfare. Rilasciala immediatamente!" i suoi toni coltivati.

Stankov obbedì senza protestare e Kristina si asciugò la bocca con il dorso della mano e guardò Stankov con disprezzo.

Sputò direttamente sulla sua scarpa con precisione.

Stankov alzò di nuovo la mano verso di lei, solo per essere fermato dalla mano dello sconosciuto.

Invece, ha colpito Stankov con disgusto per la sua mancanza di controllo.

Rivolgendosi a Kristina, le parlò per la prima volta.

"Ragazza, lo prendi in giro a tuo rischio e pericolo. Siamo ragionevoli per favore. Non hai scampo in questo momento. Permettimi di presentarmi; io sono il conte Stjepan Vanjavich Markovic e tu, mia cara, sei in prigione. Comportati. E permettiti. possa la grazia che so che possiedi governare le tue passioni per il momento. Il tuo nome è Kristina, come so. Qual è il tuo cognome, figlia? "

Stjepan ha parlato in modo eloquente e ha accompagnato il suo discorso con un inchino.

Kristina sembrava sospettosa, ma era affascinata dai suoi schemi di discorso.

"Mi chiamo Kristina Jagavka Zlatovic e appartengo a Lord Vladimir. Liberami, Conte, perché non posso sapere cosa ti farà Vladimir se non lo fai!"

Kristina si mosse, il suo corpo tremante per la forza delle sue emozioni represse.

Stjepan rise leggermente del suo coraggio.

Mi sarebbe piaciuto romperlo.

Avrebbe lasciato Vladimir con una bambola rotta nella mente, nel corpo e nello spirito.

Arricciò le labbra soddisfatto a questo pensiero, anche se sarebbe stato un peccato con qualcuno affascinante e grintoso come lei.

Tuttavia, non poteva essere aiutato e non si sarebbe allontanato dalla sua strada.

Il pensiero di sconfiggere Vladimir gli ha riscaldato il sangue e ha alimentato la sua anima.

Vladimir Mislavirov avrebbe pagato per il passato e Kristina sarebbe lo strumento di distruzione di Stjepan.

Stanco della noiosità dei suoi modi, le mise una collana al collo con un metro di catena attaccata.

Kristina sbatté le palpebre sorpresa per i suoi metodi.

Non aveva mai visto niente di simile con cui l'aveva ridotta in schiavitù.

La collana era stretta su di lei, ma non troppo stretta, e quando Stjepan si voltò per continuare, strattonò la catena per farla muovere.

Ora, Kristina ha permesso alla paura di insinuarsi nel suo nucleo mentre barcollava in avanti esitante e la piena forza delle sue circostanze era sostenuta dal dominio di quest'uomo.

Stankov era ancora nelle retrovie, si affrettava a tenere il passo, non voleva irritare ulteriormente o dispiacere il suo padrone.

CAPITOLO XVIII

Anđelko si riprese dalle ferite e si diresse a Spalato per imparare quello che poteva da Stankov e Stjepan.

Per quanto lui e il Maestro Vladimir sapessero, c'era sempre qualcosa che avrebbe potuto essere trascurato e voleva assicurarsi che avessero tutte le risposte che potevano per combattere questa antica inimicizia.

La prima tappa di Anđelko è stata Goran.

L'uomo era lento e aveva vissuto all'ombra di Stankov, ma se qualcuno avesse saputo qualcosa, sarebbe stato lui.

Ha trovato Goran che si prendeva cura delle sue pecore.

"Goran! Mi darai quello che voglio! Voglio informazioni su Stankov, e dammele adesso!"

Anđelko parlò con forza sapendo che in questo modo aveva tutta l'attenzione di Goran per il suo comportamento.

Goran era sempre stato intimidito dalla presenza di Anđelko quando veniva periodicamente al villaggio.

"Cos'è successo?".

Goran lo guardò confuso e spaventato.

Non stava cercando di offendere l'uomo chiedendogli perché era così arrabbiato e ha offerto le sue scuse.

Fece un passo indietro con il latrato del suo pastore, offrendo ad Anđelko il calore del suo fuoco.

I suoi occhi avidi presero la forma di Anđelko mentre si muoveva con grazia in avanti e si accovacciava per scaldarsi le mani.

Questo segno che la notte stava calando e rapidamente agghiacciante lo angosciava.

"Goran, ho bisogno di sapere quello che sai, per quanto irrilevante tu possa pensare. Stankov è tornato e ha commesso un terribile errore contro il Maestro Vladimir. Era in compagnia di un demone molto crudele e Kristina è stata catturata! Ho bisogno di informazioni su I nascondigli segreti di Stankov, i suoi piani originali per Kristina, tutto! Se apprezzi la tua vita, allora mi dirai quello che devo sapere, e lo farai ora! "

Anđelko si alzò, afferrò rudemente la camicia dell'uomo e costrinse il suo corpo più vicino al suo.

Guardò lo spalancarsi degli occhi di Goran con tanta paura quanto desiderio inespresso.

Soddisfatto delle sue risposte inespresse, aspettava la risposta alle sue domande.

Goran lottò per riprendere fiato.

La vicinanza di Anđelko era molto inebriante ed era grata per i cambiamenti che il suo corpo stava subendo, ma sapeva che non avrebbe avuto l'opportunità di esplorarli ora.

Sospirando deluso, rispose:

"Anđelko, so molto poco delle azioni di Stankov prima del nostro arrivo alla villa. È riservato e introverso. So che aveva programmato di cercare Kristina il giorno dopo il funerale di Andrej. Era furioso quando gli ho detto quello che avevo visto quella notte. ".

Goran si fermò per riprendere fiato.

"Aveva visitato la capanna abbandonata ai margini della proprietà di Srecko, sai, quella in campagna più lontana da Spalato. Penso che avesse intenzione di sedurre Kristina lì."

Anđelko guardò Goran incredulo.

"Pensi che sia un seduttore? Stava per violentare la ragazza e lasciarla con i suoi amici! Stankov era cattivo prima di avvicinarsi alla proprietà di Srecko, sciocco. Ti sei inchinato alla sua volontà e lo hai seguito come il cucciolo che sei Come hai potuto non vedere e sentire questo? Dio! "

Goran sussultò di fronte alla possibile punizione di Anđelko, le sue speranze svanite di poter esplorare le sue labbra carnose così vicine alle sue.

Abbassò la testa per la paura, sfiorando il petto di Anđelko e emise un gemito inaspettato.

Anđelko fu immediatamente commossa dalla sua angoscia, sapendo che non era colpa di Goran.

Sospirando, attirò il corpo tremante di Goran verso di sé, modellandogli la testa con la mano e modellandola alla base della gola.

Non aveva intenzione di ferire Goran.

Sentì la sensazione delle labbra dell'uomo mentre tracciavano il suo pomo d'Adamo e Anđelko si sottomise a questa gioia per il momento.

Il respiro dell'uomo divenne veloce e debole per non essere stato rifiutato.

Assaporò la calda salinità del sudore pesante e la leccò come un bambino.

Il suo naso si affondò ulteriormente nella pelle di Anđelko, inalando i profumi inebrianti.

Provò a muovere le mani intorno al suo corpo sperimentalmente per sentire l'uomo conformarsi ai loro corpi intrecciati.

Il rilascio del respiro trattenuto da Anđelko fu musica per le sue orecchie e rabbrividì per l'aspettativa.

Cercando le labbra di Anđelko, Goran spostò la bocca sotto il suo mento, piantandole baci morbidi.

Viaggiando attraverso la mascella verso la destinazione finale.

Impresse pensieroso la sua bocca lì e aspettò pazientemente la risposta di Anđelko.

Anđelko, percependo la sua esitazione, si lanciò in avanti con fervore rapace.

Si rese conto di quanto desiderava il tocco di Goran.

Sapendo che Vladimir era al di là della sua portata fisica e mentale nella sua ricerca, cedette alle passioni dell'altro.

Il loro duplice scopo, uno, la sazietà di entrambi, e due, se Goran si fosse schierato con loro, potrebbero rivelarsi inestimabili.

Trafisse la fessura delle labbra di Goran e fece rotolare la lingua all'interno, il calore che lo aspettava.

Volenteroso, sottomesso e sopraffatto dall'emozione, Goran si accasciò tra le sue braccia.

Era vergine e aveva sempre saputo di aver soppresso questi sentimenti in passato, ma con la ricettività di Anđelko voleva sapere cosa c'era oltre questo bacio appassionato.

Aprì la bocca ancora di più, osando succhiare delicatamente la lingua di Anđelko, accendendo ulteriormente le sue passioni.

Il suo corpo si mosse in risposta, le prove delle sue emozioni si tendevano al centro del suo corpo, non dolorosamente, ma in attesa.

Goran si sentì anche impressa in lui l'evidenza del desiderio di An uponelko.

Accolse le attenzioni, interruppe il bacio e indicò il letto vicino ad An bedelko su invito.

Anđelko capì immediatamente e si trasferì in fretta con Goran sul posto.

Crollarono con grazia, gli arti aggrovigliati e le bocche fuse.

Anđelko si sedette più che soddisfacentemente tra le cosce di Goran e sospirò con la sua crescente sensibilità nella bocca implorante di Goran.

CAPITOLO XIX

Kristina scosse stancamente la testa e cercò di far leva con le dita sotto il collo nel tentativo di allentare un po 'il colletto.

Sebbene non abbia interrotto la sua fornitura d'aria, le ha fatto sentire come se il suo respiro fosse ristretto.

Afferrò la catena nel tentativo di rallentare Stjepan, poiché temeva che la sua voce sarebbe stata rauca per i suoi sforzi e le sue restrizioni.

Stjepan girò la testa con impazienza e la guardò lottare, un'espressione cupa di presentimento sul suo volto all'interruzione.

Non era decollato, sapendo che la copertura del terreno era il suo alleato in quel momento.

Aveva scelto un mantello dell'invisibilità per frustrare ulteriormente e ostacolare quelli che sapeva essere gli sforzi di Vladimir per cercare il suo amante umano.

Si strofinò il viso pensieroso mentre le si avvicinava, volendo tenerla fuori equilibrio emotivamente e soggetta alla sua volontà.

Con questo in mente, ha formulato una risposta alla sua testardaggine.

"Kristina, a meno che tu non voglia sentire il mio tocco sul tuo corpo ora, continuerai ad andare avanti. E prometto che non sarò gentile. Distruggerò il tuo corpo e la tua anima. Se questa è la tua preferenza, allora continua a ostacolare il nostro progresso." Soddisfatto della sua risposta, attese il tuo.

Gli occhi di Kristina si spalancarono a questa minaccia implicita e marciò inesorabilmente in avanti, la sconfitta nel suo stato attuale evidente sulle sue spalle accasciate e prona.

Stjepan diede uno strattone alla catena, così lei dovette alzare lo sguardo su di lui.

Preferiva che continuasse così ancora per un po '.

L'idea di un dominio totale su di lei era così dolce.

Se fosse diventata sottomessa ora, non avrebbe esplorato completamente i modi in cui voleva averla e usarla.

Guardò i suoi sforzi con le dita sul colletto e il divertimento lo colpì per la sua incapacità.

Il colletto esaltava il suo comportamento orgoglioso, il nastro tagliato sulla sua spalla lo attirava a esplorare la sua carne cremosa, soprattutto perché faceva quasi fuoriuscire un capezzolo, e adesso aveva un lampo di fuoco negli occhi.

Kristina ha promesso a se stessa che sarebbe stata un gatto selvatico quando sarebbe arrivato il momento.

Per ora avrebbe sopportato questa umiliazione e avrebbe aspettato l'opportunità di scappare.

Sapeva che Vladimir la stava cercando e li avrebbe trovati presto.

Sperava di incontrarlo di nuovo e di vederlo sconfiggere questo demone e quello con lui.

Gli dava poco dolore ricordare Stankov, la causa della sua costernazione e servilità.

Avrebbe permesso a Dio e Vladimir di occuparsi di lui; non avrebbe più sprecato il suo tempo o le sue energie per lui.

Tuttavia, i suoi occhi divennero calcolatori mentre fissava Stjepan.

Resistette alla forza del suo sguardo e rispose con una risata raccapricciante.

Si acciglò, ma tenne i suoi pensieri per sé.

Sapeva che non poteva legarsi a lei, e anche se questo la disturbava perché non era legata a Vladimir, in realtà era grata per la mancanza di lungimiranza che avevano avuto.

Cercava di rimanere impassibile, anche se la sua mente era piena di emozioni turbolente.

È rimasta così perché aveva poche opzioni.

Il loro slancio riacquistò lo spirito di Stjepan e strisciarono più in profondità nella foresta oscura.

QUINTA PARTE
ĐURĐA

81

CAPITOLO XX

Novant'anni fa ...

Vladimir ha rotto la presa di Ðurđa su di lui.

Aveva cercato invano di rassicurarla che sarebbe stata al sicuro mentre lui andava a nutrirsi.

Ðurđa era giovane ed era petulante.

Doveva ancora capire le usanze dei vampiri.

"Basta, Ðurđa! Devo nutrirmi; sono debole per mancanza di cibo! Mi hai impigliato in questi due giorni, puttana!"

La risata di Vladimir era abbondante e un po 'forzata mentre la scena si sviluppava.

"Ma Vladimir, voglio stare con te! Ho una sensazione e so che mi sentirei più al sicuro in tua compagnia. Perché non mi lasci venire con te mentre ti allatti?" Ðurđa lo blandì.

"Ðurđa, amore mio," iniziò di nuovo Vladimir, "Saresti sopraffatto dal processo. Vorrei perdonarti per averlo visto. Fino a quando non deciderai se rimanere umano o diventare un vampiro, non ti sottoporrò a questo. È un rituale fatto con il sangue. Devi cercare di capire l'amore. Voglio solo proteggerti perché quello che sappiamo entrambi è la tua preoccupazione di affrontare chi sono veramente. Sarai al sicuro con Anđelko. Te lo prometto. "

"Vladimir! Non preoccuparti, non ho paura di quello che sei! Ma vedo che non mi proteggi, ho sentito abbastanza. Non tornare qui a meno che tu non voglia stare con me! Se ho bisogno di qualcosa mando a chiamare Stjepan. Non voglio vederti! "Disse questo voltandole le spalle.

Le sue parole trafissero la sua anima e lui era impotente contro la sua rabbia.

Non aveva ascoltato Stjepan quando gli aveva consigliato di non dare la caccia a sua sorella.

Era diversa e molto testarda.

Vladimir aveva sempre pensato che fosse un segno della sua forza, ma si stava rapidamente stancando per la continua battaglia con lei.

Cominciò ad alzare una mano sulla spalla, esitò e poi la lasciò cadere sul fianco per la frustrazione.

"Come desideri, Đurđa, solo per il momento. Non ho intenzione di liberarti. Tu mi appartieni. Il tuo corpo, il tuo spirito e la tua mente sono miei. Non dimenticarlo mai. La tua infanzia parla della tua giovinezza e ne parleremo più tardi al mio ritorno. Ho bisogno di sostentamento o ti ritroverai in pericolo mortale da parte mia, e non potrei sopportarlo."

Detto questo, Vladimir si voltò rapidamente, ignorando le sue lacrime, mentre la sua rabbia e la sua fame crescenti minacciavano di prevalere sul suo buon senso.

CAPITOLO XXI

Fu attento nelle sue scelte e mantenne il suo orgoglio per paura della sua rabbia incontrollata e tornò presto.

Un gemito acuto accelerò la sua avanzata.

Ha scoperto che il suo disagio cresceva man mano che si avvicinava alla villa.

Ma il lamento non era di Anđelko e non era di Đurđa, di questo era sicuro.

Conosceva le sue urla.

Il suo disagio aumentò quando vide la porta praticamente strappata dai cardini e i segni di una recente rissa proprio fuori dalla sua porta.

Correndo dentro, trovò Stjepan che cullava il corpo senza vita di Đurđa contro il suo petto e Anđelko a terra legato e privo di sensi.

Il volto devastato di Stjepan si concentrò sull'orrore di Vladimir.

In piedi, ancora con il corpo di Đurđa che si raffreddava rapidamente nella sua presa protettiva, Stjepan non le disse una parola.

L'odio bruciava nei suoi occhi color caramello e si avvicinò a Vladimir, che era paralizzato sulla scena.

"Sei cieco, sciocco ignorante!" Stjepan punito. "Ha parlato di premonizioni poco prima di morire. Eri andato troppo oltre per fare qualcosa. È morta tra le mie braccia dicendo che non l'hai protetta. Te l'ho data perché avevi promesso di amarla e di tenerla al sicuro. Ora questo! Sei diventato in un potente nemico Vladimir. Ascolta quello che dico ora, vendicherò Đurđa!"

Detto questo, Stjepan si fece strada attraverso uno stordito Vladimir e uscì nella notte.

CAPITOLO XXII

Vladimir si è svegliato dalle sue riflessioni su Đurđa e Stjepan.

Aveva deluso una donna che aveva amato, non era disposto a deludere un'altra.

Doveva rimanere concentrato sul riavere Kristina, aveva il suo cuore.

Non poteva fermarsi nel passato e le cose che non poteva o non sapeva erano cambiate.

Doveva essere freddo e calcolatore, non concentrarsi su questo in modo folle.

Si addentrò nella sua mente per ricordare Stjepan e le sue abitudini.

Le sue orecchie si contraevano, sintonizzate per qualsiasi suono innaturale, la sua pelle vibrava nell'aria intorno a lui alla ricerca di sfumature e cambiamenti nell'ambiente circostante, i suoi occhi cercavano continuamente il terreno sottostante senza interruzione.

Stava cercando di volare per ore.

All'alba sapeva che doveva scendere presto a terra o rischiare di scottarsi.

Decise che non sarebbe tornato alla villa, ma si sarebbe invece rifugiato nella foresta.

Creò rapidamente una forza per aprire la terra al suo corpo dolorante e si riposò irrequieto sotto terra per aspettare.

Con il cuore che batteva forte per la paura, cadde in un sonno profondo e in trance mentre il nuovo giorno sorgeva.

CAPITOLO XXIII

Anđelko si riscosse nell'abbraccio di Goran.

Il ragazzo l'aveva profuso d'amore con passione tutta la notte.

E l'aveva ricambiato con uguale fervore.

Tuttavia, aveva bisogno di ricongiungersi alla ricerca, rimpiangendo un po 'quanto fossero state piacevoli quelle ultime ore.

Goran lo stava guardando con apprensione.

Anđelko sospirò.

È così giovane, innocente e non capisce tutti gli eventi che sono accaduti.

Anđelko doveva continuare a ricordare a se stesso quale fosse la sua compagnia.

Fece un leggero passo indietro e Goran rafforzò immediatamente la presa, abbracciando il collo di Anđelko in una presa mortale.

"Ehi, piccolina. Sono molto felice di essermi svegliata con te tra le braccia. Ma non posso più aspettare."

"Oh Anđelko! Avevo paura che mi avresti odiato e non potevo sopportarlo." Goran pianse piano contro il suo collo.

Anđelko era gentile.

"Nessuno, non potrei mai odiarti. Ti amo e ho amato sentirti sotto di me la scorsa notte. È passato molto tempo da quando mi sono sentito così amato. Per questo ti ringrazio. Non hai nulla da temere da me, mio forte e bello Goran. Ma devo andare. Ma tornerò, lo giuro. "

Afferrò le braccia di Goran e cercò di strapparle via.

Ma Goran tenne duro.

"Anđelko, per favore non lasciarmi. Sono così solo. Voglio stare con te. Prometto che posso esserti utile. Per favore, non lasciarmi qui."

Anđelko pregò per avere pazienza.

"Molto bene, piccola. Ma tieni presente che se mi ritardi, ti lascerò dove sei. Non posso perdere un altro momento. E se mi tradisci, lo risolverò immediatamente. Le mie preoccupazioni in questo momento sono esclusivamente per Kristina. La sua vita è in gioco. Non farmi prendere una decisione con cui non potrei convivere ".

Anđelko è stata deliberatamente brusca nel mostrare il suo punto di vista.

Goran poté solo annuire con la testa contro il petto di Anđelko.

"Molto bene, puoi venire."

Goran si alzò velocemente e iniziò a immagazzinare il fuoco e raccogliere provviste.

Fischiò per il suo cane da pastore, sussurrando istruzioni all'animale intelligente che tornò alla sua vedetta per accudire le pecore.

E poi è andato a liberarsi rapidamente.

In meno di due minuti era in piedi tremante, ma attento ad Anđelko.

Anđelko annuì con approvazione.

Un'ultima occhiata al campo con Goran che afferrava il sacco a pelo ed erano partiti.

CAPITOLO XXIV

Kristina si è svegliata incatenata al muro di una piccola capanna.

La debole luce che filtrava dalla finestra le disse che era tardo pomeriggio.

Si guardò intorno sbalordito, e poi la persistente fitta di dolore sulla sua guancia portò di nuovo in primo piano la sua situazione.

Il pavimento sotto di lei era sporco e ricordava avanzi di cibo e altri detriti immaginari.

Il suo braccio pulsava incatenato su di lei, il suo polso danzava liberamente contro il metallo.

Un forte russare si intromise nei suoi pensieri.

Stankov era seduto accanto ai resti di cibo su un tavolo, il viso appoggiato su di esso, una brocca di vino vuota davanti a lui.

Fece una smorfia alla vista di lui, cercando di grattarsi discretamente, sentendo le formiche e chissà cos'altro sulla sua pelle.

Desiderava fare il bagno e liberarsi.

Stjepan non era in vista.

Odiava trattare con Stankov, scegliendo di rimanere in silenzio.

Gli avevano lasciato un pentolino d'acqua e una pentola per aiutarsi.

Silenziosa come i topi, che era sicura abitassero anche il posto, si mosse sul vaso da notte e finì rapidamente la sua attività.

Quindi lo fece scivolare delicatamente sul pavimento il più lontano possibile da lei.

Sapeva che i suoi capelli erano sporchi e stavano cominciando ad aggrovigliarsi.

Aveva la bocca secca e la gola secca e i suoi vestiti erano molto macchiati.

Era affamata e desiderava di nuovo il conforto delle braccia di Vladimir intorno a lei.

Le mancava terribilmente.

Portandosi la pentola alle labbra, ingoiò l'acqua dall'odore rancido, ma non riuscì a fermarsi.

Ben presto svuotò la tazza, sentendo il suo stomaco agitarsi per l'intrusione.

Ha combattuto la nausea per alcuni minuti, disperata per mantenere l'acqua dentro e disperata per non svegliare Stankov.

Il suo cattivo odore permeava la stanza, aggiungendo altra nausea.

Appoggiò la testa contro il muro e prese un profondo respiro per alleviare la sua sofferenza.

Era una piccola consolazione.

Le lacrime si formarono nei suoi occhi color smeraldo e le scesero lungo le guance in modo incontrollabile.

Trattenne i singhiozzi, finché non diventarono troppo dolorosi e l'angoscia si spezzò.

Stankov balzò immediatamente in piedi e gemette per il dolore per la ferita sul collo.

Strofinandolo, lanciò un'occhiataccia a Kristina e schioccò le labbra.

Notando di nuovo la circolazione tra le sue braccia, si alzò di scatto e vedendo il vaso da notte, gli si avvicinò sbottonandogli i pantaloni laceri.

Guardando Kristina negli occhi e, nonostante la sua repulsione e il suo brivido, svuotò la vescica di fronte a lei, ignorando lo schizzi sulle sue scarpe e sul fondo dei suoi pantaloni.

Tenendo il suo membro semi-molle in mano, lo accarezzò ripetutamente.

Con orgoglio si scosse il membro già più rigido sul viso.

"Succhia, piccola puttana. Dammi quello che hai dato a Mislavirov. Fallo ora e fallo liberamente o te lo ficco in gola. Voglio le tue labbra in giro. Voglio che tu mi senta nella tua bocca. Aprilo ora!"

Fece l'ultimo passo minaccioso verso una Kristina ribelle e con gli occhi spalancati.

Poco prima che la sua punta le toccasse la bocca, lei sputò su di lui e sul suo cazzo.

Stankov rise maliziosamente e si strofinò la saliva sulla punta.

"Non sai che mi hai reso le cose più facili in questo modo? Sei una stupida, Kristina."

Stankov continuò a strofinarlo brevemente e poi se lo portò di nuovo alle labbra.

Questa volta le prese i capelli e le tirò indietro il collo.

"Apri la bocca per Dio o prima ti picchio e poi prendo quello che voglio da te con la forza!"

"Va al diavolo Stankov. Non ti sottometterò!" Kristina ha parlato per la prima volta da quando si è svegliata.

La sua voce era roca per la soggezione del collo la sera prima e per i singhiozzi.

Stankov le stava ancora tenendo i capelli, attorcigliandoli crudelmente intorno alla mano e tirandoli ulteriormente.

Le sue labbra si aprirono di malavoglia mentre sibilava per il dolore.

Iniziò a ficcarle in bocca la sua virilità.

Il disgusto aggiunto, il suo odore ripugnante, si dimostrarono troppo per lo stomaco irrequieto di Kristina.

L'ha imbavagliata, imbavagliata e agitata per vomitare.

Stankov, incredulo ai suoi occhi, si allontanò rapidamente, mentre Kristina si sporgeva debolmente in avanti per non macchiare ulteriormente i suoi vestiti.

Ansimando, tenendosi un fianco, lanciò a Stankov uno sguardo omicida.

"Ora non c'è niente che mi impedisca di avere la tua bocca, ragazza." Disse Stankov trionfante e gongolante.

Tornando a lei un momento, quello dopo stava sbattendo contro il muro e cadendo a terra.

Stjepan era impaziente su di lui.

"Prova a toccarla di nuovo, prima che sia pronta per te e io ti ucciderò dove ti trovi o dove ti nascondi, Stankov. La tua inettitudine sta annullando qualsiasi utilità pensassi che tu abbia. Resta qui come il dannato che sei o ti ammazzo! ora! Ascolta le mie parole. È il tuo ultimo avvertimento. "

Stjepan era magnifico nella sua rabbia, torreggiando sul curvo Stankov.

I suoi occhi color caramello lanciavano fuoco e zolfo.

Soddisfatto del suo messaggio, si rivolse a una ribelle Kristina.

Era contento di vedere il suo spirito combattivo tornare dopo la notte prima.

Avvicinandosi a lei, le tese una mano, aiutando con grazia Kristina ad alzarsi.

"Mia cara, mi scuso per quello stronzo e per il miserabile accomodamento. Per quanto tu sia una pedina per me, ho buone maniere e non vorrei vederti maltrattata. Almeno per il momento e fintanto che assecondi i miei desideri. Ci trasferiremo da me a casa tra poco, questo non era altro che un posto dove riposare e ovviamente per sfuggire a Vladimir, ma nella stanza adiacente c'è una vasca da bagno che puoi usare per fare il bagno e ti farò trovare da Stankov qualcosa da mangiare mentre fai il bagno. Sarò in servizio, non aver paura, non ti toccherà. "

Stjepan parlò con sicurezza e Kristina si prese un momento per guardarlo con gratitudine, prima di ricordare che era lui il motivo per cui era lì.

Essendo pratica, accettò la sua offerta con grazia.

"Grazie. Vorrei fare il bagno."

Sorrise e questo gli trasformò il viso, cambiando i suoi lineamenti ascetici in un uomo di calore e fascino, per quanto breve potesse essere stato.

Kristina ha intravisto come doveva essere in un altro momento della sua vita.

Le slegò il polso e lei immediatamente iniziò a cullarlo delicatamente sul suo corpo con attenzione, per evitare di colpirla con qualcosa.

Tenendo la sua mano nella sua, la condusse nella stanza sul retro e fuori dalla vista di Stankov.

***

Stankov era furioso!

Ma si sarebbe inchinato ai desideri della creatura, per ora, finché non fosse riuscito a sradicarla da questa terra.

Non si sentiva più a disagio per l'incontro con Markovic e pensava di correggerlo il più rapidamente possibile.

Barcollò in piedi e si diresse verso la porta, sapendo che se non fosse tornato con il cibo sarebbe stato condannato a grandi sofferenze, nella migliore delle ipotesi.

CAPITOLO XXV

Stjepan si occupò del bagno per un momento e presto l'acqua fumante e lenitiva riempì la vasca di metallo.

Ha spogliato Kristina dei suoi vestiti con la promessa di vestiti freschi e la guardò entrare con grazia in bagno.

Le aveva chiarito che non aveva intenzione di lasciare la stanza e che per il momento lei era al di là di preoccuparsi.

Affondando nuda nell'acqua, ha lasciato che i suoi poteri curativi ristoratori la influenzassero ulteriormente.

Gemette di gioia, sentendo i suoi muscoli rilassarsi per la prima volta quel giorno.

Si sporse in avanti nel tentativo di bagnarsi completamente i capelli.

Sorpresa, sentì le dita di Stjepan sul suo cuoio capelluto mentre la incoraggiava a rimanere ferma.

Poi le ha versato una brocca dopo l'altra sui capelli.

Prese una bottiglia profumata contenente una miscela di sapone e fiori di campo, si aggiustò presto i capelli.

Le sue dita erano meravigliose contro la sua testa pulsante.

Presto sentì tutto il dolore fuggire da lei.

Quindi le sciacquò delicatamente i capelli, tenendole i capelli sopra la testa e senza dirle una sola parola durante l'intero processo.

Si allontanò per darle privacy mentre lei continuava con il suo bagno.

Stjepan cercò di essere impassibile, ma alla luce delle candele sporadicamente accese nella stanza, le ombre dei suoi movimenti si riflettevano sulle pareti sterili.

Si sentì trattenere il fiato e sentì una fitta al di sotto.

Ricordò a se stesso che non era il momento!

Devi essere paziente!

Non poteva permettersi errori, quindi ha sofferto in silenzio.

Kristina è rimasta ignara di questa situazione.

Stese lentamente un vitello ben fatto, godendosi la libertà di poterlo fare.

Tenendola in equilibrio sul bordo della vasca, si crogiolò in un sapone delicato su di lei, in lunghi massaggi circolanti.

Prestava attenzione a ogni parte del bagno, in modo che il disagio di Stjepan aumentasse ogni momento che passava.

Quando si rese conto che non poteva raggiungere la schiena abbastanza lontano, si fece avanti coraggiosamente nonostante i suoi dubbi.

Afferrando la saponetta dalle dita, improvvisamente priva di nervi, si concentrò per mantenere il respiro uniforme.

Si sporse in avanti, incrociando le braccia sul petto per l'imbarazzo.

Stjepan trovò il gesto un po 'pittoresco dopo tutto quello che era successo e per la stessa situazione, ma non disse ancora nulla.

Finì velocemente, senza fare troppo affidamento su se stesso, soprattutto perché la sua pelle era satinata ed elastica sotto le sue dita dedicate.

Dandogli un ultimo risciacquo, questa volta fece un passo indietro più velocemente.

Le sue dita formicolavano ancora per averla toccata così intimamente e la sua mente brulicava di possibilità che scartò rapidamente.

Le voltò le spalle quando si alzò dalla vasca, raggiungendo l'asciugamano che era stato lasciato lì vicino.

Ascoltò i suoi movimenti, uscendo con attenzione dalla vasca, il vigore con cui si asciugava, il suo respiro, il suo dolce miagolio di piacere mentre indossava vestiti puliti, tutti progettati per farlo impazzire in quel momento.

Cercò di respirare lentamente e in modo uniforme, spostandosi a disagio da un lato all'altro.

Affondò le unghie nei palmi, palmi che le facevano prudere per avere ancora una volta la sua carne sotto di loro.

Ha anche rivisto il suo piano di attacco contro Vladimir, il tutto nella vana speranza di scatenare la sua furia crescente.

Strinse i denti e si precipitò fuori dalla stanza.

Kristina alzò lo sguardo, sorpresa dalla sua rapida partenza.

Udì qualcosa schiantarsi contro il muro nella stanza accanto.

Chiedendosi del suo sfogo, affrettò i suoi sforzi per vestirsi.

Era una semplice camicetta e gonna da contadina.

C'erano vestiti ancora più delicati, sotto i vestiti che erano sul letto, per i quali si avvicinava alla sua pelle.

Avvolgendosi le calze intorno alle gambe, fece scivolare i piedi nelle scarpe robuste che lui le aveva lasciato.

Sospirò di sollievo per essere pulita, srotolando i capelli per pettinarli.

Avvicinandosi al piccolo fuoco che ardeva nel focolare, si mise in ginocchio per districare la massa di capelli.

Non lo sentì mai più entrare nella stanza, finché non mise la mano sulla sua per toglierle il pennello dalle dita.

Ha pazientemente lavorato i suoi capelli, iniziando dalla corona e spazzolando fino alla fine.

I suoi riccioli secchi gli strinsero le nocche, ma lui continuò.

Stjepan era tornato sotto controllo, ma a malapena.

Ma questo sarebbe dedicato alla fine.

Il finale, in quel momento, era incerto, ma scoprì che si stava godendo la sua compagnia nonostante le circostanze.

Non se lo aspettava, ma si sarebbe divertito con lei.

Senza dimenticare la sua missione, ma mettendola da parte per il momento, la accarezzò ripetutamente.

CAPITOLO XXVI

Emergendo da terra, Vladimir trovò rapidamente alcuni animali della foresta per placare la sua sete.

Non era quello che desiderava, ma non aveva tempo per cercare carne umana.

Affamato com'era, si nutrì a malapena abbastanza per continuare.

Le sue orecchie formicolavano a rumori più forti di quanto pensasse potessero essere qualcosa della natura.

Pensando che fosse un orso o un cinghiale, fu felice di vedere Anđelko, Darija, Roko e uno dei contadini che erano stati con Stankov alla sua porta all'inizio della settimana.

Alzò un sopracciglio a questo, ma avrebbe aspettato pazientemente di essere presentato.

Anđelko, intuendo il suo bisogno, andò rapidamente dal suo padrone per offrirsi a lui.

Vladimir bevve quello che poteva da Anđelko, sigillando rapidamente la sua carne lontano da lui.

Goran ne fu sbalordito.

Sentendo che Vladimir non aveva finito, si fece avanti coraggiosamente, sperando che Vladimir non lo stancasse.

Vladimir percepì il suo disagio, ma prese ciò che gli veniva offerto.

La sua bocca godette mentre il fluido gli si trasferiva.

Si fermò quando seppe che Goran aveva dato il massimo e fece scorrere delicatamente la lingua sulla ferita.

Goran indietreggiò sollevato.

Era un po 'stordito dall'esperienza, ma respirava ancora tranquillamente, era vivo.

Vladimir si sentì abbastanza sazio da parlare.

Afferrò Anđelko contro il suo petto e lo abbracciò forte.

"Amico mio, è bello vederti e che sei in piedi e tutto intero. Sei riuscito a usare le tue capacità di tracciamento e portare con te Darija e Roko, un colpo di genio."

Rilasciando Anđelko, accarezzò amorevolmente ogni cane lupo mentre loro si leccavano le dita con la lingua a turno.

Roko saltò fuori dall'affetto per il suo padrone, Darija scodinzolò.

Anđelko annuì alle sue lodi.

"Ho portato Goran, perché è disposto ad aiutarci, maestro. Sa qualcosa della mente di Stankov e ho pensato che sarebbe stato utile averlo come alleato."

Anđelko guardò il suo padrone dritto negli occhi mentre diceva questo.

Vladimir sentì una corrente sotterranea di qualcos'altro che al momento non poteva identificare, ma lasciò passare la necessità di trovare Kristina.

Sapeva che Anđelko gli avrebbe parlato in privato quando si fosse presentata la prima opportunità.

Annuì leggermente in direzione di Goran, accettando ciò che aveva detto Anđelko.

Goran esalò il suo respiro represso.

"Bene. Rivediamo ciò che sappiamo e poi riformuliamo il nostro piano da lì."

Mettendosi al lavoro, Vladimir ascoltò prima Anđelko, poi Goran.

Una volta che hanno sentito che tutte le informazioni disponibili erano state espresse apertamente, Vladimir è stato pensieroso per un momento.

"Va bene. Suppongo che Stjepan e Stankov, se usano questa capanna di cui mi hanno parlato, non rimarranno lì a lungo. Stankov sa che Goran conosce il posto e che conosce Stjepan, non rischierebbe di restare a lungo. E questo è furbo e vuole vendetta. Non sarà facile sorprendere. Penso che si dirigerà verso la sua fortezza, ma avere

Stankov e Kristina lo ritarderà. Quindi, ci dirigiamo al villaggio di Omiš. Ha il vantaggio di andare avanti, ma Ricordo dove abita. "

Vladimir ha detto quest'ultimo in un tono mortale.

Era evidente che si aspettava un confronto con il suo ex amico, ora nemico.

Odiava che Kristina fosse coinvolta, ma c'era un vecchio conto da regolare.

CAPITOLO XXVII

Stankov tornò con riluttanza alla capanna.

Aveva catturato un coniglio e l'aveva scuoiato dove l'aveva ucciso.

Mormorava imprecazioni tutto il tempo, pensando a come sbarazzarsi sia di Markovic che di Kristina.

Ma solo dopo aver partecipato al suo fascino, al suo corpo.

Era molto chiaro che Vladimir sarebbe venuto a cercarlo, ma l'avrebbe presa.

Aveva rovinato tutto con i suoi modi astuti e piagnucolando.

Non poteva nemmeno tornare a casa per paura che gli abitanti del villaggio si ribellassero contro di lui e maledissero Vladimir per aver suggellato il suo destino.

Ma avrebbe avuto la sua vendetta e sarebbe stato molto dolce.

Entrò nella capanna nel bosco e posò il coniglio sul tavolo nonostante i suoi residui di sporco.

Non farei il lavoro di una donna.

Lascio che Kristina pulisca e griglia quella dannata cosa.

Entrando nella piccola stanza, entrò nella stanza sul retro.

La sua bocca si spalancò quando vide Markovic finire di spazzolarle i capelli.

Sputò disgustato, ma guardò le sue mani all'opera.

Tossì brevemente prima di voltarsi.

Non era ancora pronto per combattere il vampiro.

$$* * *$$

Borbottando ancora di più, fece esattamente quello che aveva detto che non avrebbe fatto, pulì il coniglio e iniziò ad arrostirlo sul fuoco magro.

In poco tempo Markovic lo raggiunse, ma Kristina preferì restare nella stanza sul retro.

Stankov grugnì.

Strega!

Non la farà franca.

Si mascherò rapidamente il viso e cercò di proteggere i suoi pensieri.

Non aveva bisogno che Markovic conoscesse la portata dei suoi deliri interiori.

Sfortunatamente per Stankov, Stjepan sapeva esattamente quali deboli pensieri stavano attraversando la mente di Stankov.

E non gli piaceva.

Ripensando al suo piano, pensò che avrebbe dovuto sbarazzarsi di Stankov prima del previsto.

Sebbene avesse ancora intenzione di usare l'adorabile Kristina per i propri scopi, si sentiva protettivo nei suoi confronti e Stankov stava diventando un problema.

A quel tempo, Stjepan iniziò a pianificare la scomparsa di Stankov.

Non c'era conversazione tra di loro.

Stankov si sentiva sempre più a disagio in ogni momento e Stjepan non gli importava.

Finalmente il coniglio era pronto e Stankov lo tirò fuori, fissandolo.

Stjepan le spinse via la mano e chiamò Kristina.

Entrò nella stanza con solo un attimo di esitazione, poiché in qualche modo scoprì di potersi fidare un po 'di Stjepan.

Non l'aveva disturbata mentre faceva il bagno, le aveva spazzolato i capelli e lei gli era grata.

Attraversò la stanza, sedendosi sulla sedia indicata da Stjepan.

Le porse il coniglio fumante e si scusò che avrebbe dovuto rimuovere i pezzi a mano.

Non poteva sapere che stava facendo un'altra cortesia perché l'odore del coniglio fritto gli era ripugnante.

Ha cercato di essere delicata, ma aveva fame.

Mangiò velocemente, ignorando il grasso, finché non fu sazia.

Stjepan ha gettato i resti a Stankov per fargli mangiare e finire il coniglio.

Kristina si guardò attorno impotente per un secondo in cerca di qualcosa che le pulisse le mani.

Ricordando i suoi vestiti distrutti, si alzò per asciugarsi le mani.

Stankov stava prendendo l'ultimo boccone e lo inghiottì, masticando a malapena.

Kristina è tornata rapidamente e si è trasferita al fianco di Stjepan.

Quando Stankov finì, Stjepan annunciò che era ora di andare.

Poiché non c'era nulla di importante da raccogliere nella capanna, se ne andarono dopo aver spento il fuoco.

* * *

Continuando ancora una volta verso la casa di Stjepan, il tempo era buono per loro.

Viaggiando a passo veloce, raggiunsero rapidamente una stalla Goran.

Entrando furtivamente, Stankov mise all'angolo due cavalli per aiutarli nel loro viaggio.

Li ha tirati fuori e Stjepan ha aiutato Kristina a rialzarsi prima di arrampicarsi dietro di lei, lasciando Stankov a badare a se stesso.

Messi al galoppo i cavalli, ripartirono.

Stjepan fu sollevato di muoversi rapidamente, ma molto consapevole della bellezza seduta di fronte a lui.

Trattenne il respiro per lunghi periodi di tempo, resistendo all'impulso di spingerla delicatamente contro il suo petto.

Poco prima della strada per Omiš, c'era un ramo basso.

Mentalmente fondendosi con il cavallo di Stankov, Stjepan gli ordinò di dirigersi dritto verso il ramo ea una velocità vertiginosa.

Stankov non si aspettava lo scoppio di velocità o il ramo dell'albero.

Gli andò addosso, cadendo istantaneamente da cavallo e facendolo perdere i sensi.

Il cavallo libero del suo cavaliere tornò immediatamente a casa.

Stjepan ha tenuto sotto controllo Kristina davanti a sé, proseguendo la marcia.

CAPITOLO XXVIII

Vladimir e la compagnia raggiunsero la capanna abbandonata.

Notando i recenti segni di presenza in esso come gli odori persistenti di un fuoco e i resti di coniglio cotto.

Attraversando la cabina trovarono i vestiti scartati e l'acqua del bagno di Kristina.

Quando se ne andarono, cercarono i segni della direzione in cui erano diretti per assicurarsi di non perdere nessuna direzione.

Proseguendo verso sud, li seguirono fino alla stalla.

Erano devastati perché a Goran era rimasto solo un cavallo.

E proprio mentre cominciavano a disperarsi, il cavallo che era corso dallo Stankov caduto arrivò alla stalla.

I lati della sua bocca erano pieni di schiuma, ma gli uomini non potevano aspettarsi che si riposasse molto.

Goran accarezzò il cavallo, parlando al suo orecchio e lasciandolo riposare per qualche istante.

Ha quindi consegnato il cavallo dalla stalla a Vladimir e hanno montato rapidamente entrambi i cavalli, con Darija e Roko che correvano al loro fianco.

Anđelko e Goran condividevano il cavallo che era tornato, con Vladimir a cavallo sul cavallo più freddo, che era nella stalla, nel caso fosse dovuto andare all'inseguimento del suo nemico.

Ben presto si imbatterono nell'incosciente Stankov.

Guardandolo, spronarono i loro cavalli.

Vladimir si stava separando da loro con Darija e Roko.

Il cavallo oberato di lavoro di Anđelko e Goran finalmente si fermò esausto.

Guardarono per un momento la figura stanca del cavallo e la legarono a un albero vicino a un ruscello, che aveva acqua fresca ed erba, in modo che si riprendesse.

Poi hanno continuato a piedi dopo di lui.

SESTA PARTE
KATARINA

CAPITOLO XXIX

Stjepan fece fermare il cavallo tremante ed esausto davanti alla sua imponente villa.

Il cavallo sbuffò selvaggiamente.

Il suo respiro era evidente nell'aria gelida della notte, scuotendo la sua criniera disgustato per essere ancora fuori quella notte.

Stjepan saltò giù dalla schiena e tenne Kristina tra le braccia, dirigendosi verso il portale aperto.

Gabrijel era lì ad aspettare il suo Maestro.

Il viso di Kristina era premuto contro il suo corpo esponendole la gola e il suo breve pulsare dalla vena del collo lo distrasse.

Caldi viticci di desiderio le corsero nelle vene, riscaldandole il sangue e raccogliendosi al centro del suo essere.

Come voleva che lei premesse le sue labbra lì, solo una volta.

Ma sapeva che anche allora non sarebbe stato sufficiente.

Era passato molto tempo dall'ultima volta che aveva sentito l'eccitazione delle sue parti più intime da parte di qualcuno come lei.

Oh, come avrebbe voluto averla trovata prima di Mislavirov!

Di tutta questa dannata fortuna si lamentava frustrato.

"Gabrijel! Tieni la porta chiusa ma non sbarrata e preparati per l'arrivo imminente di Mislavirov! Sto per depositare questa adorabile creatura in casa e torno presto. E prenditi cura del cavallo, per favore. È una buona cavalcatura."

Stjepan andò nel suo studio che si affacciava sull'imponente ingresso.

Mise Kristina su una sedia di peluche e mise la bambola snella che si stava proteggendo accanto al fuoco.

Mise con cura una piccola coperta sul suo corpo tremante.

Fece un passo indietro, mascherando il forte desiderio che lei aveva risvegliato.

Lo guardò confusa e supplichevole.

"Mi dispiace, mia dolce Kristina. Non posso assistervi o ospitarvi più di così. Manderò Helena con dell'acqua e del vino. Per favore cerca di stare tranquillo in mia assenza. Tornerò a breve."

Sussurrò Stjepan, scostandole i capelli dal viso e facendo scorrere un solo dito sulla sua morbida guancia.

Si voltò di scatto, tenendo la porta aperta del corridoio, lasciandola perplessa e più che un po 'perplessa.

Sorpresa dai suoi pensieri, si rimise a contemplare il suo significato.

Ha scoperto che, nonostante le circostanze, l'uomo le piaceva.

L'aveva spaventata sì, ma anche protetta, e si era preso cura di lei e lei cominciava a credere che lui non avesse l'istinto di ferirla.

La sua sorpresa era che amava Vladimir; non c'era dubbio su questo o su dove risiedesse la sua lealtà.

Ma nessuno di loro voleva farle del male.

Era in grande confusione su tutti gli eventi accaduti di recente.

Voleva dimenticare inutilmente quella sensazione per un momento, ma poi aspettò.

Non c'era nient'altro che potesse fare, non importa quanto avrebbe voluto che fosse diversamente.

Ha cercato di ricordare tutte le azioni che si erano verificate da ieri.

E per quanto cercasse di scongiurare sentimenti di disagio per Stjepan, non ce n'erano.

Nonostante il loro primo incontro e la sua sottomissione alla collana, l'aveva protetta da Stankov, e di questo gliene era grata.

Sapeva che non doveva, ma l'aveva fatto lo stesso.

E si era comportato con onore nei suoi confronti.

Si mordicchiò inconsciamente il labbro inferiore, cogliendo i dettagli.

Era stato un esercizio che Vladimir aveva fatto con lei per renderla più consapevole di ciò che la circondava.

All'inizio erano piccoli ambienti, ma lei aveva lavorato con ambienti più grandi prima della sua prigionia.

Questo è stato uno dei motivi per cui ha convinto Anđelko a portarla nella radura.

Voleva sorprendere Vladimir con la sua pratica.

Ma non serve riflettere su ciò che non può essere cambiato.

Sperava solo di poter negoziare una pace tra loro due.

Lo studio dove l'aveva lasciato era elegantemente decorato e si adattava bene all'uomo.

Il legno di ciliegio scuro formava robuste modanature e corone.

Il retro della stanza era decorato in un verde muschio tenue ed era interrotto da scaffali per libri che rivestivano le pareti.

La mensola del camino era bianco crema, su cui poggiavano due candelabri con la loro allegra luce.

Un ritratto di chi Đurđa doveva essere adornato sul muro davanti alla sua scrivania in ciliegio, dove giaceva un libro aperto.

E nella foto del ritratto aveva in mano un mazzo di fiori selvatici, i capelli che le cadevano intorno e con uno sguardo di meraviglia negli occhi mentre sorrideva a Kristina.

Molto giovane e molto pieno di vita.

Kristina sospirò ora con grande consapevolezza per la sua parte della tristezza che era accaduta lì dopo la perdita di una persona così affascinante e piena di vita come lei.

Stjepan sembrava vivere solo metà della sua vita nel presente, impantanato nel dolore per il passato.

Un leggero bussare alla porta aperta ed un domestico entrò.

Le sue guance erano a forma di mela e sorrideva esitante, i suoi morbidi occhi azzurri offrivano gentilezza.

Stava zoppicando leggermente mentre camminava e un grembiule era allacciato intorno alla sua ampia vita.

Si avvicinò a Kristina con attenzione e mise a portata di mano un vassoio di bevande.

Si inchinò e si allontanò rapidamente, quando Kristina parlò.

"Grazie. Helena, vero?"

"Sì, signorina. Lo sono."

"Helena, per favore siediti accanto al fuoco. Vorrei che mi parlassi per un momento."

Kristina stava pensando di saperne di più su Stjepan, sperando di trovare un'opportunità che avrebbe potuto usare per evitare il disastro.

Le comodità della sua casa che catalogava nella sua mente e più della sua personalità e del suo portamento erano ciò che stava cercando ora.

Stava cercando di usare tutti i suoi sensi per avere un'immagine più chiara di quest'uomo tormentato e del dolore con cui stava lottando.

La sua gentilezza verso di lei era in netto contrasto con i suoi sentimenti amari verso Vladimir.

Desiderava sapere di più su cosa accadde quella notte fatale che causò la morte di Đurđa e la spaccatura tra gli esseri oscuri.

Helena la guardò con diffidenza.

"Ma signorina, non posso farlo."

"Per favore Helena. Sono stanca e desiderosa di parlare con una donna. Non voglio ferirti o farti del male. Ma apprezzerei la tua compagnia", supplicò Kristina.

"Molto bene, signorina. Ma niente trucchi." Helena sedeva goffamente sulla sedia del passeggero di Kristina.

Guardò sgomento il livido sul polso, ma non disse nulla al riguardo.

I modi del suo Maestro rimangono così misteriosi per lei anche dopo tutti questi anni.

Si fece il segno della croce chiedendo silenziosamente che sarebbe stato ben protetto nella sua ricerca.

"Niente trucchi, Helena. E per favore chiamami Kristina. Grazie per esserti seduta con me perché so che sei impegnata. Non ho avuto una buona conversazione con una donna da molto tempo e mi è mancata molto. Hai lavorato per Conde Stjepan da allora molto tempo fa?"

"Miss Kristina, Gabrijel e io siamo arrivati poco dopo il nostro matrimonio, vent'anni fa. L'insegnante è buono e gentile con noi e lo serviamo al meglio che possiamo." Helena si gonfiò dicendo questo.

Era riluttante a dire di più, ma era attratta dall'adorabile giovane donna seduta così orgogliosamente davanti a lei anche in una situazione così disperata.

C'era un fuoco e una passione in Kristina che le ricordava la sua unica figlia, Katarina.

"Hai figli, Helena? Mi dispiace se è personale, se me lo dici non te lo chiederò più."

Kristina stava cercando di trovare un modo per facilitare la conversazione che intendeva davvero avere con la timida Helena.

Il viso di Helena si illuminò ancora di più.

"Sì, ho una figlia, Katarina. È a scuola, poiché l'insegnante ha insistito sul fatto che doveva frequentarla. Dice che è intelligente e che così facendo sarebbe in grado di potenziare la sua mente. Mi manca terribilmente. Ma so che è per il meglio. per lei. L'insegnante lo sa. Non le ha mai fatto del male e vuole solo il meglio per lei, la ama. Tuttavia, presto sarà a casa per sempre, finché non si sposerà ".

Kristina ha riflettuto su queste informazioni e ha sentito di aver trovato la sua opportunità.

"Dici che il conte Stjepan la ama?"

Helena si rese conto di essersi comportata male, ma era troppo tardi per correggere.

Alzandosi rigidamente, fece un inchino a Kristina e lasciò bruscamente la stanza.

Helena si aspettava un incontro tra la sua Katarina e il conte Stjepan, poiché sapeva che erano fatti l'uno per l'altro.

Erano una coppia sorprendente per tutti da vedere.

Gli occhi di Stjepan seguirono i movimenti di Katarina quando non stava guardando.

Ma lei non era a conoscenza dei suoi pensieri e Katarina poteva essere una ragazza volitiva.

Si precipitò fuori dalla stanza, pregando che Stjepan sopravvivesse a quella notte di caos e disordini, poiché Katarina sarebbe tornata presto e poi si sarebbe visto quello che c'era da vedere.

Kristina si rammaricava del ritiro di Helena, ma questa era certamente un'informazione per la quale valeva la pena deconcentrarsi.

Non era sicura di avere il diritto di usarlo, ma forse ...

Rilassò le spalle sul cuscino della sedia e considerò cosa poteva fare con questa nuova conoscenza.

CAPITOLO XXX

Stjepan si mosse con grazia dopo una nuotata veloce, anche se sapeva che presto la situazione sarebbe diventata esplosiva.

Gli ci era voluto un po 'di tempo per riflettere su ciò che aveva intenzione di fare.

I suoi pensieri spontanei sulla bellezza di Kristina lo avevano portato a fare concessioni che avrebbero potuto avere conseguenze mortali per lui.

Aveva bisogno di tempo per fondere i suoi pensieri e tenere a mente i suoi obiettivi.

E provò una fitta di rimorso per essere stato così toccato da lei quando sapeva che la sua Katarina stava tornando da lui.

Lei ancora non lo sapeva, ma aveva intenzione di farsi avanti e sperava che l'avrebbe accettato.

Ora era sbalordito dalla sua reazione a Kristina.

Come se avesse bisogno di più mal di testa.

Dannazione!

Indossava calzoni stretti con stivali lucidi al ginocchio, poi una camicia bianca, aperta sul collo, con pizzo a cascata sul davanti.

Non si preoccupò del giubbotto o del cappotto, ma prese invece la spada e legò il fodero da un lato.

Si legò i capelli con noncuranza con un nastro di velluto ceruleo.

Era il colore preferito di Đurđa e in qualche modo lo faceva sentire più vicino a lei.

Aveva il cuore spezzato per la perdita del medaglione e sarebbe tornato nella radura per trovarlo dopo aver affrontato Vladimir.

Uscendo dalla stanza, andò a vedere Gabrijel e i preparativi di cui avevano discusso prima di avventurarsi nella sua stanza.

Giunto ancora una volta all'ingresso, si guardò intorno soddisfatto.

Era da molto tempo che desiderava attirare Vladimir a casa sua.

Quindi non erano state usate assi per coprire le finestre e la porta d'ingresso era aperta.

I preparativi per una cena erano stati completati.

Aveva programmato di cenare bene e generosamente dopo aver discusso con lui.

E Stjepan sperava di mantenere Vladimir più sbilanciato apparentemente poco turbato e molto spensierato.

Con le labbra che si contraevano, aspettava il suo ospite atteso.

CAPITOLO XXXI

Vladimir ha fermato il cavallo a poca distanza dalla casa di Markovic.

Sapeva che c'era una picchiata nel mare agitato sottostante, su entrambi i lati, quindi il suo approccio avrebbe dovuto essere dalla parte anteriore o da destra dell'ingresso.

I ricordi inondarono la sua mente ancora una volta dalla loro precedente amicizia mentre cercava di ricordare l'interno della casa ...

Cento anni fa ...

Entrando dalla porta principale, i due amici si abbracciarono per la schiena.

La gara che si era conclusa fuori dalla villa Stjepan era stata un pareggio.

Ridevano e si scambiavano battute volgari come fanno di solito i buoni amici.

Stavano tornando da una notte di guai e avevano incontrato due bellezze che avevano soddisfatto il loro bisogno di un po 'd'oro e del cibo.

Non si rendevano conto che avevano anche dato un po 'del sangue della loro vita per nutrire i due vampiri.

Quando hanno raggiunto i venticinque anni, hanno sentito che il mondo era loro.

Ed erano ancora sconvolti dalle loro esperienze di sei mesi fa.

Fu allora che un vampiro anziano li trovò in una notte simile a questa.

E le aveva fatte sue.

Avendo avuto paura per le loro vite, erano grati di continuare a respirare.

Ed essendo giovani, non avevano finito di seminare semi selvatici.

Vladimir sorrise con indulgenza a questi ricordi, ma aveva bisogno di concentrarsi sugli eventi più recenti.

Sospirando profondamente, tornò all'epoca pochi mesi prima della morte di Đurđa.

Novant'anni fa ...

Vladimir era stato invitato da Stjepan a far loro visita.

I due amici non si vedevano da due anni, entrambi impegnati con i loro affari e imparando di più sull'antica arte del vampirismo.

Ciascuno aveva supervisionato la proprietà dell'altro per un periodo di tempo sotto la tutela del loro maestro, Mihael, e ora dovevano rinnovare la loro amicizia e celebrare il ritorno di Đurđa, la sorella di Stjepan.

Era stato a scuola negli ultimi dodici anni.

L'ultima volta che Vladimir l'aveva vista era solo una bambina.

Ma lui la ricordava come se fosse ieri.

Li seguiva come un cucciolo, se glielo permettevano.

Tutto prima delle rispettive trasformazioni, quindi c'era apprensione nella loro ricettività per loro due.

Đurđa aveva nove anni l'anno in cui si incontrarono.

L'aveva generata un matrimonio tardivo con il padre di Stjepan.

Aveva capelli biondi leggermente lattiginosi e un sorriso molto carino.

L'ultimo giorno prima di partire per la scuola, aveva annunciato le sue intenzioni di sposare Vladimir, con le sue risate, ma non le sue.

Aveva avuto un'espressione calma e seria quando l'aveva detto.

Vladimir era stato molto attento, chinandosi sulla sua mano e ringraziandola per il complimento.

Poi era scomparso all'interno della casa, per non essere più visto fino a quando lei non c'era più.

Era ansioso di vedere la giovane donna che era diventata.

Sperava che lei avesse superato quella che sperava fosse una fantasia passeggera per lui.

Salendo i gradini, alzò due volte il battente e attese pazientemente che si aprisse.

Fu subito presentato dal maggiordomo di Stjepan.

Gli porse i guanti e il cappello e si stava togliendo il cappotto quando udì un leggero rumore sui gradini delle scale.

Alzando lo sguardo verso il lieve rumore, il suo cuore smise di battere per un momento.

Muovendosi lentamente, la creatura più bella che avesse mai visto discese verso di lui.

I suoi capelli erano sapientemente disposti per mostrare la sua forma a collo di cigno, i suoi vividi occhi sherry erano fissi su quelli di lui e le sue labbra si incurvavano in un timido sorriso.

Era elegantemente vestita con un abito scintillante del più chiaro giallo burro che le pizzicava la vita e lasciava la parte superiore del petto esposta ai suoi occhi festosi, con piccole pantofole che le adornavano i piedi e mostravano una piccola caviglia ad ogni discesa.

Vladimir alzò un dito per aggiustare la sua collana, unico segno che era turbato dalla sua bellezza e dall'improvvisa ondata di desiderio per la sorella del suo amico.

Si schiarì la gola nel tentativo di riprendere il controllo.

Scivolò verso di lui, allargando le dita, che lui strinse allegramente e portò rapidamente alle labbra.

Đurđa rise, ricordando che quello era l'ultimo gesto che gli aveva mostrato quando aveva nove anni.

Aprì le labbra al nudo sfioramento delle sue labbra contro la sua carne e aspettò che finisse il suo arco.

"Đurđa, sei adorabile. E non c'è segno in vista che il diavoletto dispettoso ci stia inseguendo. È un piacere vederti."

"Mio caro conte Vladimir, non sono più quella ragazza. Spero di essere più raffinata di così."

La sua voce musicale ha raggiunto le sue orecchie e l'ha accolta con favore.

Sentì un nodo al petto per il semplice tocco delle sue dita sulle sue.

"Vieni nello studio. Stjepan ha detto che si sarebbe unito a noi per un momento. Nella mia impazienza, l'ho lasciato per finire di dare istruzioni a Helena per la cena."

Vladimir era disposto a seguirla nello studio, attento a tenere gli occhi sul collo e non sui fianchi, ma era difficile.

Si aggiustò di nuovo il collo.

Đurđa si voltò inaspettatamente e si gettò tra le braccia di Vladimir.

Non aveva altra scelta che prenderla.

Girò il viso sulla sua spalla e lo abbracciò forte.

Vladimir poteva sentire il profilo del suo corpo premuto contro il suo, e sapeva che era impresso in modo indelebile nella sua mente.

Le tolse delicatamente le braccia dal collo dopo averla tenuta brevemente e averla messa di nuovo davanti a sé.

"Mi sei mancato, Vladimir! So che è spietato e femminile, ma è vero. Ho passato il tempo finché non ci siamo incontrati di nuovo. Mi dispiace!"

Si coprì la bocca facendo un passo indietro.

"Per favore, non scusarti, Đurđa. Anche tu ... mi sei mancato. Non mi ero reso conto di quanto."

Vladimir fu sorpreso di sentirsi dire questo, poiché intendeva dire qualcosa di completamente diverso.

Non lo ritirava, soprattutto quando i suoi occhi si illuminarono ancora di più e le sue labbra si aprirono di nuovo.

Con coraggio, fece scivolare la sua piccola mano nella curva del suo gomito e la mise, sdraiata, su un piccolo divano.

Prese un piccolo spuntino, tornando al suo fianco e chinandosi mentre glielo porgeva.

Stjepan si unì a loro allora, diabolicamente bello di per sé.

Parlarono per un po 'fino all'ora di cena.

Così si sono trasferiti in sala da pranzo e hanno continuato la loro convivenza.

Stjepan era perplesso dalle correnti sotterranee e dagli sguardi tra sua sorella e la sua amica, ma lo attribuì alla loro rinnovata riunione.

Più tardi quella notte rimase perplesso, rendendosi conto che stava assistendo ai due innamorarsi a tavola.

Nei giorni che seguirono, Stjepan diede loro le sue benedizioni.

Vladimir e il nuovo arrivato Đurđa avevano vissuto insieme nella loro casa solo per una settimana prima che la tragedia colpisse.

E Vladimir non aveva visto Stjepan, con le sue promesse di punizione, da quella terribile notte.

CAPITOLO XXXII

Em sua mente, Vladimir revisitou a casa através do que estava em suas memórias.

Ele estava preparado para ir resgatar Kristina.

Sabendo que Stjepan estaria esperando, ele foi até a porta da frente e a chutou, em uma explosão de força sobrenatural.

Stjepan estava parado do outro lado da entrada, nem um pouco assustado com sua entrada violenta.

Kristina também foi levada para lá com um pano macio cobrindo sua boca.

Seus olhos estavam enormes e puxaram os de Vladimir quando ele a viu amarrada ali, bebendo deles ao ver seu amor nas garras do demônio.

"Você é bem conhecido, Vladimir. É bom que se junte a nós."

Provocadoramente, Stjepan curvou-se ligeiramente, sem tirar os olhos de Vladimir.

Sua mão pairou sobre a espada, sem tocá-la.

Seu reflexo lançava sombras na parede, dançando alegremente com o corredor iluminado.

"Stjepan! Eu juro por tudo que é sagrado que se você danificou um fio de cabelo na cabeça de Kristina ..."

Apesar de suas emoções ao confrontar seu velho amigo, Vladimir foi brilhante em sua fala, uma nota mortal evidente em seu discurso.

Ele estava tocando o colar, passando-o entre os dedos, certificando-se de que Stjepan o visse ali.

Enrolando em torno de seus dedos, acariciando o veludo, provocando em troca.

Posando como imperturbável ao ver o tesouro familiar e reprimir sua raiva sem mitigação, Stjepan simplesmente deu de ombros.

"Meu caro Vladimir, venha. Meu desprezo e minha raiva estão reservados para você, não para esta querida e doce menina. Devo dizer-lhe que a carne dela é suculenta, flexível e muito saborosa."

Stjepan passou uma mão aparentemente descuidada pelos cabelos de Kristina.

Kristina ficou horrorizada com seu comentário e tentou projetar a falsidade de suas palavras em Vladimir.

Enfurecido, Vladimir voou em direção a Stjepan, que aproveitou o ar que vinha em sua direção para sua rápida vingança.

Eles se encararam no meio da sala, lutando corpo a corpo.

Parecia que eles quase haviam esquecido suas espadas enquanto se atacavam com uma raiva amarga, as garras estendidas.

Eles se engajaram pelo que pareceram horas, sem ceder um centímetro, ambos segurando seus ressentimentos e alimentando seu ódio com o contato.

Com assobios e grunhidos, eles roeram a placa fria da vingança com paixões ardentes alimentadas com veemência.

Segurando Stjepan, Vladimir pressionou a palma da mão contra o queixo do oponente, com força, mas lentamente, forçando sua cabeça para trás para mantê-la afastada.

Saber que Stjepan poderia facilmente rasgar sua carne com suas presas, encerrando essa luta rapidamente.

Stjepan agarrou sua garganta abruptamente, cerrando com força o punho cerrado em seu abdômen.

Ele enviou o homem voando pelo ar, onde ele pousou com um estrondo impressionante do outro lado da sala de entrada.

O salão trovejou com a força ressonante do impacto.

A parede contra a qual ele pousou tremeu.

Uma rachadura se abriu diagonalmente da base até o teto.

Atordoado por um momento, Vladimir estremeceu ao se levantar do chão onde havia afundado.

Ele foi repentinamente atingido novamente, sendo forçado a se apoiar na parede mais uma vez, acompanhado por um rosnado zangado de Stjepan.

Os dois retomaram a luta mais uma vez.

Golpe após golpe rasgando a carne que lentamente se curava conforme a luta progredia.

Stjepan aveva un labbro sanguinante e Vladimir aveva un taglio sull'occhio.

Kristina si irrigidì contro le sue restrizioni e cercò freneticamente di togliersi il panno dalla bocca.

Adesso lo aveva quasi liberato.

Fece una smorfia quando li vide scambiarsi altri colpi al corpo.

Desiderava più forza usando tutte le riserve di forza che aveva in lei.

Gabrijel ed Helena osservavano dalla porta della sala da pranzo, immobili, tenendosi alla larga.

In quel momento Aningelko e Goran, sfondando la porta, entrarono con una ragazza al seguito.

Tutti si fermarono di colpo a ciò che stava accadendo prima di loro.

La minuta ragazza sollevò il cappuccio del mantello, rivelando cascate di capelli ramati e luminosi occhi verdi interrogativi, occhi che si intonavano ai ritratti sui muri dello studio di Stjepan.

Gabrijel ed Helena hanno lanciato grida di gioia quando l'hanno vista.

Abbandonando il loro posto e correndo ad abbracciarla con i loro corpi, parlarono tutti con entusiasmo.

Vladimir e Stjepan non si rendevano conto di essere così presi tra la loro rivalità e concentrazione.

Proprio in quel momento, Kristina è riuscita a liberare la bocca.

Facendo un respiro profondo, ha gridato insieme alla ragazza, che dopo aver ricevuto l'abbraccio dei suoi genitori è rimasta sorpresa dalla scena che si è svolta davanti a lei.

"Vladimir!" Kristina stava urlando freneticamente a squarciagola.

"Stjepan!" Lo supplicò Katarina, lottando per sfuggire alla presa dei suoi genitori.

Entrambi i vampiri erano sbalorditi dalla potenza della loro capacità polmonare combinata e dal linguaggio inaspettato.

Forze invisibili li hanno costretti a separarsi e cercare le donne.

Stjepan ha attraversato la sala con una velocità impressionante per catturare Katarina in un abbraccio spaventoso.

Lo restituì con uguale fervore.

Vladimir prese il viso di Kristina tra le mani e portò le sue labbra alle sue in un lungo bacio appassionato.

Rompendola finalmente, cercò la verità nei suoi occhi e la trovò lì, chiudendo brevemente i suoi con sollievo.

Sapeva che Stjepan non le aveva fatto del male.

La liberò dalla sua schiavitù, attirandola vicino al suo corpo per tenerla.

Gli avvolse le braccia intorno al collo, grata che finalmente fosse di nuovo con lei.

Rivolgendosi agli altri con Kristina avvolta strettamente contro il suo fianco, osservò la scena di fronte a lui.

Sapendo che non era finita; Li accompagnò con cautela al gruppo sulla porta.

Stjepan alzò lo sguardo, tenendo la sua bellissima ragazza tra le braccia.

Tremava per la battaglia e per aver visto Katarina.

Guardò la mossa di Vladimir, ma non fece una mossa arrabbiata verso di lui.

Sospirando profondamente e passandosi le dita tra i capelli, aspettò il successivo incendio, ma la lotta e il bisogno di vendetta avevano abbandonato il suo corpo.

Sapeva cosa aveva tra le braccia e odiava lasciarla andare, dato che sembrava essere sua.

Qualsiasi effetto residuo che Kristina aveva imparato su di lui, trasmesso magicamente alla bellezza ardente che ora sapeva di aver davvero perso il cuore.

In silenzio, agitò la mano verso il tavolo della sala da pranzo che aveva preparato.

Dopotutto, era un ospite gentile.

SETTIMA PARTE
STANKOV

CAPITOLO XXXIII

Stankov muoveva lentamente ogni arto del suo corpo, risvegliando torrenti di disagio.

Aveva dolore alla testa e rabbia nel cuore.

Gli ci volle un po 'per alzarsi dal suolo freddo.

Chinandosi sulle ginocchia, cercando di riprendere fiato mentre l'aria fredda della notte le squarciava l'anima, grugnì per lo sforzo.

Essendo più un soldato che un leader nonostante la sua spavalderia all'inizio della settimana, sapeva di dover riflettere attentamente sulle sue scelte.

Se Stjepan distrugge Vladimir, dovrebbe solo distruggere il cuore di un vampiro e vale anche il contrario.

Si muoveva pesantemente.

E oh, le faceva male la testa, aveva le lacrime agli occhi per questo fardello e tremava per il freddo e l'umidità.

Quella piccola puttana aveva molto di cui rispondere e lui le avrebbe insegnato le risposte giuste.

Non riusciva a sorridere ai suoi pensieri osceni a causa della sua miseria abietta, così iniziò ad arrancare verso la villa di Markovic.

CAPITOLO XXXIV

Mentre si abbracciavano, Kristina si agitava contro il fianco di Vladimir.

Immediatamente rafforzò la presa su di lei, costringendola silenziosamente a rimanere in quel modo e ringhiò dolcemente contro la sua fronte.

Non lo fece con disgusto per quello che era successo, ma con il disperato bisogno di abbracciarla.

Non poteva fare a meno di pensare che l'aveva quasi persa, quindi rimase in piedi.

Sarebbe stato devastato se lei fosse mai veramente persa per lui.

Vladimir non aveva affatto chiuso con Stjepan, ma poteva aspettare.

Il conforto e la sicurezza di Kristina erano i pensieri più importanti nella sua mente.

"Mio Lord Stjepan, se potessi rinfrescarmi prima che ci incontriamo a tavola, gliene sarei grato." Kristina ha cercato di essere rispettosa verso entrambi gli uomini dicendo questo.

Nella speranza di evitare di provocare animosità con la tua richiesta.

Sentì il suo respiro afferrare i suoi polmoni.

Vladimir sussultò interiormente per la sua gentilezza e mancanza di rabbia per la situazione.

Non ero così intimidito.

Tuttavia, rivalutò frettolosamente la scena nella sua mente.

Per il momento, avrebbe dovuto aspettare il suo momento, decise.

Ma non di molto.

Aveva aspettato fino a quel momento per scoprire cosa fosse realmente accaduto a Đurđa quella terribile notte e avrebbe ottenuto risposte.

Non poteva permettersi di aspettare ancora.

Aveva bisogno dell'espiazione o della colpa per la sua morte, ma non questo limbo.

Quindi sarebbe stato risolto in un modo o nell'altro stasera.

Quindi Stjepan avrebbe garantito per il terrore che aveva causato alla sua preziosa Kristina, che è ciò che era stato promesso.

Katarina ha distaccato Kristina chiedendo anche di rinfrescarsi.

A malincuore, poiché non voleva separarsi da lei, Stjepan gli ha permesso di farlo, ma non prima di averla baciata sulla tempia.

Era consapevole che avrebbe potuto essere ancora senza di lei se non fosse stato attento.

Ecco perché era lento a rispondere alla sua richiesta, non volendo che questa fosse l'ultima volta che l'aveva tenuta tra le braccia.

Katarina trasalì quando apprezzò il tocco delle sue labbra, nonostante i suoi migliori sforzi per rimanere distante, poiché non era ancora pronta a condividere i suoi sentimenti per Stjepan.

Un punto che era controverso basato sul fatto che lei persistesse nel continuare nel conforto delle sue braccia.

Si voltò da Stjepan e facendo un cenno a Kristina, la condusse in una stanza degli ospiti in modo che potessero rinfrescarsi e magari parlare.

Il resto del gruppo andò in silenzio in sala da pranzo e aspettò il suo ritorno.

Una tregua imbarazzante seguì tra Vladimir e Stjepan mentre vagavano per la stanza tenendosi lontani l'uno dall'altro.

Molteplici pensieri che dilagavano nella mente dei vampiri li avevano entrambi mormorati disapprovazione sottovoce.

Vladimir si avvicinò alla finestra per fissare ciecamente nell'oscurità della notte, chiedendosi dove fosse finita tutta la sua rabbia.

Si ritrovò a pensare seriamente per la prima volta se lui e Stjepan avrebbero potuto risolvere le loro differenze.

Ma teneva questi pensieri per sé.

Stjepan si fermò a tavola per prendere l'uva.

Masticando pensieroso, rimase immobile, immobile, riflettendo su se stesso.

Il vorticoso vortice di emozioni gli aveva causato un momentaneo dolore alla testa.

Se dovesse trattenere la sua rabbia residua o accettare la possibilità che Katarina e il suo amore combattano per la supremazia nei suoi pensieri.

Sollevò una mano per massaggiarsi la nuca, cercando di alleviare la pressione e poi pizzicandosi il ponte del naso.

Infine, la comprensione si è risolta.

Non doveva essere solo in questo, quella era la sua scelta.

Per mantenere il freddo conforto della sua rabbia che aveva governato la sua vita per così tanto tempo o per trovare il calore e la gioia di essere tra le braccia di Katarina.

L'impatto combinato che Kristina e Katarina hanno avuto su di loro è stato profondo e per decenza nei confronti dei rispettivi amori, avrebbero continuato a circondarsi con cautela l'un l'altro, fissandosi a vicenda, ma si sarebbero astenuti da ulteriori violenze fino al loro ritorno.

Non volendo dare all'altro un centimetro o un vantaggio, aspettarono.

Ognuno era curioso di sapere cosa sarebbe successo, ma per il momento avrebbero riservato i propri punti di forza e aspettato la fine.

CAPITOLO XXXV

Goran si guardò intorno meravigliato per i panorami e gli odori.

Gli aromi della costosa carne arrostita lentamente, del sugo e della zucca succulenta nelle zuppiere coperte hanno fatto venire l'acquolina in bocca alle vostre papille gustative.

Sperava che potessero mangiare presto quando il suo stomaco brontolò al ricordo della sua misera colazione molto tempo prima.

Si accarezzò la pancia come per calmarla, con scarso successo.

E guardava con desiderio i vini molto pregiati che erano disponibili per accompagnare la cena.

Si agitava con la cintura, strappandosi e preoccupandosi che una corda si srotolasse.

Anđelko gli sorrise con indulgenza mentre osservava il gioco delle emozioni sul suo viso, indovinando correttamente i pensieri del suo giovane compagno.

Cercò di essere più pratico lui stesso, ma il bel ragazzo aveva i suoi pensieri su altri appetiti che dovevano essere soddisfatti.

Pensò meglio di suggerire che i due si ritirassero nella stalla per vedere i cani ei cani da lupo, ma doveva aspettare nel caso in cui il suo padrone avesse bisogno di lui.

Sospirò, ignorando la profonda pesantezza nella sua pancia quando vide Goran nella sua innocenza e bellezza.

Il suo desiderio di abbracciare Goran e baciare la sua dolce bocca avrebbe dovuto aspettare che si verificasse l'epilogo.

Sapeva che si sarebbe pentito se lui o Goran fossero morti, ma aveva vissuto una lunga vita e i suoi recenti ricordi delle braccia e del corpo di Goran erano un conforto per lui.

Oh, l'amore che avevano condiviso era stato bello e meraviglioso.

Era passato così tanto tempo da lui per provare così tanto amore e averlo trovato con Goran era ancora una cosa incredibile per lui.

Si era sentito bene ed era stato davvero glorioso.

Una o due volte tanto che aveva deliziato il suo piacere al pascolo perché tutte le pecore lo sentissero.

Goran gli era piaciuto moltissimo e sapeva di aver fatto piacere al ragazzo.

Non poteva aspettare di incontrare di nuovo quel momento.

Si fermò risolutamente a un'estremità del tavolo, Goran al suo fianco, a guardare gli uomini silenziosi e minacciosi.

Quando nessuno li guardava, faceva scorrere le dita sulla parte posteriore del collo di Goran, facendogli capire che stava pensando a loro e al loro tempo insieme.

Era il primo gesto che aveva fatto da quando si era svegliata con lui quella mattina.

Goran quasi fece le fusa sotto il contatto, ma riuscì a trattenersi.

Non voleva che due paia di occhi torturati lo guardassero.

Il piccolo gesto di conforto per ora era sufficiente.

CAPITOLO XXXVI

Kristina non era estranea alle intenzioni di Katarina e, infatti, ha apprezzato l'opportunità di chattare con lei, avendo assistito alla passione che era scoppiata tra lei e Stjepan.

Adesso era più certa della sua posizione in materia e ne era soddisfatta.

Si passò una spazzola tra i capelli, aspettando pazientemente che la bella giovane donna iniziasse per prima.

E non ha dovuto aspettare a lungo.

"Il mio nome è Katarina. Non so chi sei o chi sei il resto di te con te. Ma ora ti dirò che non ci sarà spargimento di sangue qui." Ha battuto il piede con enfasi. "Vedo che il mio ritorno qui ha messo qualcosa in sospeso. Ma ci sarà un ordine restaurato in questa casa prima che finisca la giornata. Ora, mi racconterai la tua storia." Disse con grande curiosità e determinazione nella sua voce.

Era in piedi dietro la seduta Kristina, che con noncuranza si stava spazzolando i ricci e cercando i suoi occhi nello specchio.

"Grazie Katarina. Sono Kristina e l'uomo con cui sto è Vladimir. Dobbiamo parlare."

Katarina sussultò, arricciando le labbra al temperamento basso di Kristina e al discorso privo di emozioni.

Sapeva bene che prima aveva visto il fuoco interiore nei suoi occhi mentre si liberava dai suoi legami.

Questa era testarda quanto lei e non avevano tempo per sentimenti codardi.

Stjepan era in pericolo e sarebbe stato condannato se le fosse successo qualcosa di gentile.

Kristina vedendo la sua espressione sentì il suo temperamento aumentare in risposta.

Che diritto aveva questa ragazza di giudicarla?

Respira Kristina e sii diretto.

Lei può gestirlo.

Guarda le scintille nei suoi occhi e la vivacità dei suoi capelli nella luce.

Questo ha passione da vendere e non è stupido.

Mantenendo i suoi primi pensieri velenosi mantenendo il suo obiettivo in vista, ha continuato:

"Ho molto da dirti sugli eventi recenti e su quello che so sugli eventi passati. Pertanto, è bene che tu sia preoccupato. Con questo non voglio dire che tu o la tua famiglia mi manchi di rispetto. Ma non ti considero nemmeno uno sciocco. . Tu ed io possiamo fare molto bene insieme. E ora ti dirò tutto, senza risparmiare dettagli. "

Kristina si fermò per fare un respiro profondo e poi spiegò attentamente tutto ciò che sapeva a Katarina, con calma.

Katarina assorbì tutto in silenzio, alzando più volte le sopracciglia e ad un certo punto ebbe una luce ribelle negli occhi mentre Kristina rivelava cosa era successo nel suo bagno.

Quando Kristina ha interrotto le sue spiegazioni, Katarina aveva le sue domande pronte.

"Kristina, grazie per la tua franchezza ed entusiasmo. Stjepan sa essere testardo e non sempre ascolta la voce della ragione. Sospetto lo stesso del tuo Vladimir."

Katarina si lanciò nei suoi pensieri sull'argomento ad alta voce.

Kristina inarcò le sopracciglia al suo uso familiare del nome di Stjepan e alle supposizioni sfacciate nel suo discorso.

Poi rise, rendendosi conto che Katarina era uno spirito affine nella testardaggine e nell'amore e che potevano unire le forze per sbloccare la situazione tra Stjepan e Vladimir.

Ancora ridendo, Kristina ha detto:

"Oh, Katarina, ho la sensazione che saremo grandi amiche. E vorrei che facessimo pace tra quei due. Non vivrò in una situazione di disagio nonostante il mio amore per Vladimir. Nemmeno tu dovresti. È giunto il momento che differenze e reclami vengono risolti. Questo è il mio suggerimento ... "

Le due ragazze si sono incontrate e hanno chiacchierato in silenzio per oltre mezz'ora prima di decidere i loro piani.

Abbracciati e con la luce della battaglia negli occhi e con passo deciso, tornarono con gli altri in sala da pranzo.

CAPITOLO XXXVII

Entrambi gli uomini alzarono lo sguardo dai loro pensieri interiori quando entrarono e si preoccuparono immediatamente delle espressioni concentrate che ciascuna bellezza possedeva.

Quasi come per caso, iniziarono a verbalizzare i loro pensieri nella loro testa ea trasmetterli all'altro senza volerlo.

Un altro anello mancante che si stava rapidamente ristabilendo.

Quando prima stavano combattendo, avevano tenuto le loro intenzioni chiuse l'una all'altra per non rovesciare la battaglia dall'altra parte.

Ma ora si preoccupavano dell'idea di ciò che queste due donne avevano in serbo per loro.

Che male è questo? Vladimir rifletté.

Normalmente era al comando di tutte le sue emozioni, ma la vista di una lotta aperta con Kristina sarebbe stata quasi la sua rovina.

Il petto ansante, le lunghe ciocche che si agitavano mentre camminava, gli si avvicinò con decisione, la fronte corrugata.

Questa non era la stessa donna che si era aggrappata a lui prima.

Dov'era scomparsa?

Questa arpia che si avvicinava non aveva amore nei suoi occhi in quel momento.

Sospirò malinconicamente, desiderando di poter affrontare di nuovo Stjepan.

Le donne erano complicate e stavano dimostrando di essere più della maggior parte.

Stjepan rise dei pensieri di Vladimir, ma era ugualmente preoccupato.

La sua Katarina aveva un'espressione ribelle e preoccupata nei suoi occhi, ma era determinata.

Le sue guance erano gonfie e l'agitazione annebbiava i suoi bei lineamenti.

Cosa ho fatto adesso?

Sto solo proteggendo la mia casa e la mia famiglia.

E lei era la sua famiglia, che fosse disposta ad ammetterlo o no.

Anzi, deglutì nervosamente, perché lei non era minimamente intimidita da lui.

Adesso lo vedeva.

Anche con tutti i suoi poteri da vampiro e il suo ragionamento logico, non aveva paura.

Non ha paura di lui!

Gli occhi di Stjepan si spalancarono per lo stupore.

Ciò significava che lo amava davvero, perché altrimenti perché l'avrebbe fatto?

In quell'istante, Stjepan e Vladimir si guardarono davvero con pietà.

Queste donne affascinanti e potenti sembravano davvero imbattute ed erano disarmate.

Che spettacolo!

Le donne, cominciando dal piano concordato, si avvicinarono agli uomini e, prendendole ciascuna per un braccio, le condussero al tavolo.

Seduti l'uno di fronte all'altro al centro con le loro donne ai lati, nessuno sedeva in testa.

In silenzio, Anđelko e Goran si sedettero dall'altra parte per guardare gli eventi svolgersi.

Helena e Gabrijel si avvicinarono e versarono bicchieri di vino per tutti loro e poi si ritirarono a guardare dalla porta della cucina.

Vladimir e Stjepan provano a guardarsi, Stjepan soffocato da un leggero colpo allo stinco della scarpa di Katarina e il gomito interno di Vladimir pizzicato da Kristina.

Pensò di ammonirla e poi ci ripensò.

Si appoggiò allo schienale della sedia, con aria calma ma molto vigile mentre sorseggiava l'ottimo vino della cantina di Stjepan.

Entrambi gli uomini aspettarono, rassegnati al fatto che le donne fossero al comando in quel momento.

Un silenzio più profondo calò su tutti loro, facendo battere anche il ticchettio dell'orologio con un ritmo pungente che riverberava con il silenzio assoluto della stanza.

Il nervosismo delle emozioni represse turbinò intorno fino a quando la tensione raggiunse altezze insopportabili.

Goran, che non capiva tutto quello che stava succedendo, si mosse a disagio, confuso.

La fragilità del silenzio nella stanza era interrotta dai suoi movimenti.

Kristina inclinò la testa verso Katarina, indicando che avrebbe dovuto agire per prima.

Katarina fece un respiro profondo.

Li guardò negli occhi.

Soddisfatta di avere la sua totale attenzione, iniziò.

"Stjepan e Vladimir, questo cattivo sangue tra voi finirà stasera. Non tolleremo il vostro odio reciproco un altro minuto."

La voce di Katarina era bassa e ferma nel parto.

Le sue mani erano appoggiate sui suoi fianchi mentre parlava a ciascuno di loro.

"Detto questo, sappiamo che hanno differenze da risolvere tra loro e non ci alzeremo da questo tavolo finché tutto non sarà risolto".

Katarina si voltò ora verso Stjepan, raggiungendo il suo braccio, i suoi occhi imploranti e l'amore che brillavano chiaramente per la prima volta perché tutti li vedessero.

"Ti amo Stjepan. Non rinuncerò a quell'amore per la tua inimicizia, ma sono pronto a farlo. Lascerò questa casa stasera se continui la tua vendetta."

Stjepan sentì il suo cuore gonfiarsi nel sentire le sue parole d'amore e Katarina trattenne il respiro mentre gli rivelava i suoi sentimenti per la prima volta.

Il suo sangue pulsava e il suo braccio formicolava dove lei lo teneva.

Era impotente contro la sua passione, bellezza e intelligenza.

Aveva aspettato a lungo che la sua Katarina si trasformasse in questa adorabile giovane donna.

Una donna che poteva e sarebbe stata la sua vera compagna se avesse qualcosa a che fare con questo.

Era pronto a fare tutto il necessario per tenerla al suo fianco.

Anche aggiustare le cose con Vladimir.

Tuttavia, non poteva nel suo orgoglio sembrare cedere così facilmente, quindi si limitò a grugnire e rimase in silenzio.

Oh, questo ha svegliato Katarina con un rimpianto.

Ma poteva vedere che non era andata meglio con Vladimir.

Aveva un leggero sorriso sul viso come se Katarina avesse descritto Stjepan come un giovane insensibile e non un uomo.

Oh, non me lo sarei perso per niente al mondo! Pensò tra sé.

Vedere Stjepan che sembrava imbarazzato era come se suonasse musica nel suo cuore.

Fece una breve risata a Stjepan che si dimenava sulla sedia.

Katarina lo fissò per un secondo e lo vide alzare un sopracciglio alla sua espressione feroce, e poi decise che quello era il problema che Kristina doveva controllare.

Vedere il suo nuovo amico prendere un respiro profondo e poi affrontare Vladimir dall'altra parte del tavolo la fece sorridere con anticipazione.

Kristina batté le nocche sul tavolo per attirare la sua attenzione su di lei.

"Vladimir!" Kristina gli urlò contro in uno scoppio di rabbia, i suoi occhi si restrinsero per lo sgomento mentre si alzava.

Chiaramente non si rendeva conto del rischio per lei sulla sua persona se avesse continuato a comportarsi in modo così sfacciato, pensò Katarina tra sé.

Stjepan sembrava soddisfatto che ora anche lui avrebbe ottenuto ciò che si meritava.

Ha riallineato il campo di gioco ai suoi occhi.

I due vampiri non erano ancora del tutto d'accordo, ma la loro rivalità si era seriamente sgonfiata con l'avvento delle donne.

"Quando Katarina ha detto la sua verità, ha parlato anche per me. Risolvi le tue divergenze o non ce ne sono più. Sono un ornamento per la tua villa, tavola o letto. Uomini! Bah! Tutto quello che fai è prendere, prendere e bere! Dividi e conquista. Dove ti ha portato? Di certo nessuna delle risposte alle domande che hai sempre cercato di rivelare! Se non cogli questa opportunità qui e ora per fare di nuovo amicizia con Stjepan, non sono di alcuna utilità tu! "

Fu allora che tutti si resero conto che Kristina aveva usato il suo dito per colpire Vladimir sul petto per affermare la sua posizione.

La sua bassa statura dove si trovava era incongruente con la sua influenza dominante, anche mentre era seduto.

Tuttavia, Vladimir si raddrizzò e le coprì delicatamente il dito con la mano.

"Molto bene, Kristina. Ordine, e io obbedisco, in questo caso. Sai che posso trattenerti, anche se provi a scappare, e sebbene possa essere divertente, sto ascoltando quello che dici."

Vladimir ha tentato di mantenere il senso dell'umorismo fuori dalla sua voce mentre lo diceva, ma fallì miseramente.

Era sua e sarebbe rimasta se lui avesse dovuto incatenarla al suo fianco.

Kristina non ha detto nulla, ha solo aspettato che continuasse mentre il suo piede toccava terra.

"Mi hai conquistato con il tuo amore, la tua natura focosa e il tuo ardore. Farò ogni sforzo per incontrare di nuovo Stjepan a metà di questa impresa."

Vladimir poi si portò una mano alle labbra e le baciò le nocche.

Stordita dalla sua rapida capitolazione e dal suo bacio, si lasciò cadere all'indietro sulla sedia, gli occhi spalancati per l'oscuro turbinio della passione nei suoi.

Poi ha capito che sarebbe andato tutto bene.

Tutto.

Vladimir e Stjepan.

Lei e Vladimir.

Vivrebbero da pari a pari nella loro alleanza di legame per sempre.

Chiuse gli occhi con sollievo, amore e gratitudine.

Guardando Stjepan per la prima volta senza calore negli occhi, Vladimir iniziò.

"Stjepan. Una volta eri il fratello della mia anima. Il mio migliore amico. Tu ed io abbiamo fatto tutto insieme, abbiamo condiviso tutto, compreso l'amore di elurđa. Mi sei mancato anche quando non ti ho riconosciuto. Non ho il diritto di scusarmi, perché tu Ho fallito Đurđa. Ho fallito perché non ho ascoltato la sua angoscia. Ma non gli avrei mai fatto del male. Devi saperlo! Non possiamo risolvere le nostre divergenze? Se non può essere di nuovo un'amicizia, almeno un accordo di pace?"

Tacque dopo le sue parole a bassa voce.

Stjepan si passò le dita tra i capelli ed espirò, conscio di una Katarina vigile al suo fianco, la sua mano intrecciata con la sua sotto il tavolo.

"Vladimir, il mio cuore è stato strappato dal mio corpo quando ho visto Đurđa. Ho smesso di vivere in quel momento. Era tutto quello che avevo! Era tutto ciò che era bontà e luce in questo mondo! E l'ho affidato a te!"

Amara invettiva che usciva dalle sue labbra.

In quel momento Stjepan gemette, sentendosi triste per il suo dolore.

Dolore che non avevo mai provato.

Sondò le profondità della sua anima, corse nelle vene e lasciò il suo corpo in grandi singhiozzi.

Katarina lo avvolse immediatamente e senza riserve, cullandolo dolcemente, cantandogli nell'orecchio.

Alzò lo sguardo e vide lacrime silenziose che gocciolavano sul viso di Vladimir in modo incontrollabile e senza vergogna.

Kristina si prendeva cura di lui e anche dei suoi bisogni, sfiorando delicatamente le sue dita contro le sue guance, premendo morbidi baci dove giacevano le tracce delle lacrime.

"Piangi, amore mio. Lascia che i veleni del passato lasciano il tuo corpo una volta per tutte. Ricorda quanto era buona Đurđa e sappi che sarò al tuo fianco mentre lo farai."

Katarina continuò le sue dolci intonazioni, solo tenendo Stjepan vicino al suo cuore, lasciando che il suo amore per lui lo avvolgesse nella nuvola del suo essere.

Poi la raggiunse, avvolgendo le proprie braccia intorno al suo corpo tremante, accettando il suo dono di sostentamento.

Dopo un momento di silenzio, si asciugò le lacrime versate e il dolore dal viso, dove si erano sistemati, cercando di ritrovare la calma.

Quando lo fece, si rese conto che Vladimir e Kristina si erano trasferiti al suo fianco.

Alzandosi con potente grazia, ha catturato Vladimir in un abbraccio di grande portata.

I due amici piansero insieme per la loro reciproca perdita.

Condividendo il loro dolore che sapevano di tutto ciò che è successo in tempi precedenti.

Si sono abbracciati per minuti, i loro compagni in piedi accanto a loro pronti a offrire il proprio conforto quando richiesto.

Alla fine, si separarono per sedersi insieme e continuare il loro duello.

Tutto era silenzioso e immobile, tranne il respiro affannoso dei due vampiri, ex amici intimi, poi acerrimi nemici, e ora in lutto a vicenda, ancora una volta insieme.

CAPITOLO XXXVIII

Sapendo istintivamente che i quattro avevano bisogno di un po 'di tempo da soli, gli altri lasciarono la sala da pranzo.

Helena e Gabrijel in cucina.

La zuppa doveva ancora essere curata.

Era stato lasciato scaldare sull'enorme fornello in ghisa per servire.

Helena aggiunse un pizzico di sale e pepe alla miscela, assaggiandola per l'approvazione finale.

Gabrijel spazzò il pavimento per aiutare la sua Helena.

Il suo amore per lei e sua figlia le illuminava gli occhi mentre guardava il suo amore condire la sua zuppa.

Pensava di essere un uomo molto fortunato quando il suo sguardo cadde sul suo sedere arrotondato.

Dopo tutti quegli anni, gli stava ancora provocando agitazioni di lussuria e desiderio.

Iniziò a canticchiare sommessamente mentre i suoi pensieri si volgevano a più tardi quella notte dopo che se ne erano andati.

Goran e Anđelko andarono ai granai.

Una volta che furono fuori da sguardi sgraditi, si abbracciarono nelle ombre scure della stalla.

Con una torcia che faceva tremolii di luce debole catturare le loro sagome mentre ondeggiavano insieme.

Il duo ha ballato davanti alle creature addormentate che abitavano la stalla.

I tocchi gentili diventavano più appassionati con il passare dei minuti.

I baci morbidi si fecero più caldi, le mani che si muovevano libere l'una sull'altra, mettendo da parte i vestiti.

Rumori d'amore catturati in fondo alla loro gola e furono presi in bocca.

Fu così che Stankov li trovò, frugando nei loro vestiti.

Sorrise silenziosamente alla coppia che si abbracciava mentre si avvicinava.

Vicino.

Ancora più vicino.

Darija e Roko si erano rannicchiati per riscaldarsi dopo gli eventi della giornata, i cavalli che sorseggiavano in silenzio il cibo dai vicini secchi di farina d'avena.

Immediatamente si alzarono, i capelli ritti e le bocche spalancate per lo stupore.

Ma si è scoperto che era troppo tardi.

Stankov ha fracassato un pesante bastone sulla testa di Goran, prima che Anđelko potesse reagire.

Cadde a terra privo di sensi con il sangue che gli copriva la nuca, una grande macchia in evidenza.

Anđelko ruggì di rabbia e pietà al corpo scagliato del suo amante e si lanciò contro Stankov, mentre Darija e Roko, già svegli dal rumore, erano alle calcagna.

Stankov li ha attaccati con la sua mazza, facendo del suo meglio per tenerli a bada, ma gli sono avanzati da tutte le parti.

Quando l'uno o l'altro fu fulminato dall'influenza selvaggia di Stankov, gli altri due continuarono il loro cammino.

Pollice dopo centimetro, Stankov stava perdendo terreno.

Infine tornando indietro fino al muro della stalla.

Eppure hanno continuato ad avanzare.

Era difficile stabilire chi fosse più furioso, Anđelko o i segugi.

La saliva copriva ciascuna delle loro mascelle inferiori, intento omicida nei loro occhi.

E poiché Stankov non poteva vedere dove stava andando, fece passi lenti e misurati in ritirata.

Il suo respiro era affannoso per i suoi sforzi, i suoi occhi spalancati e sfocati, colpendo alla cieca ora mentre la realtà della sua situazione lo travolgeva.

Inciampando su un piccolo affioramento di rocce, cadde all'indietro, la mazza appena fuori dalla portata delle sue dita.

Ed erano su di lui come un branco famelico in pochi secondi.

I segugi le strappavano il corpo esposto, Anđelko le batteva il viso e il petto con pugni induriti.

Stankov è stato picchiato e lo sapeva.

Mostrando un'ultima ondata di forza, lasciò la presa su di lui e iniziò a saltare, zoppicando pesantemente.

Tuttavia, aveva perso il senso dell'orientamento ed era corso dritto verso le scogliere.

Strillando sgomento quando se ne rese conto, il suo corpo precipitò verso le pericolose rocce sottostanti.

Il grido ululante svanì sullo sfondo del mare in tempesta.

Con cautela, Anđelko ei cani si diressero verso il limite.

Ed erano soddisfatti che Stankov non fosse più vivo.

Con il collo attorcigliato in una strana angolazione rispetto al resto del corpo, guardarono con esultanza mentre il mare agitato reclamava il suo corpo.

Tornando alla stalla, Anđelko si posizionò accanto al corpo immobile di Goran, usando freneticamente le dita morbide per sondare la ferita mentre ascoltava il suo petto.

Il calore appiccicoso si incontrò copiosamente con le sue dita.

La ferita era profonda, penetrava fino all'osso che posso sentire.

Disperato, fissò la concavità del petto di Goran che sussurrava a malapena nella sua camicia da contadino.

Sentendo un leggero respiro rauco, raccolse il suo amore e corse verso la villa.

Darija e Roko saltellavano dietro i loro piedi, con la bocca ancora ricoperta di pezzetti di Stankov.

Sapeva che i vampiri potevano aiutare Goran.

Loro devono!

Aveva visto diverse volte come Vladimir avesse causato la guarigione di esseri malati, sebbene ne avesse anche visti alcuni con cui erano andati troppo oltre per salvarli.

Non poteva sopportare se Goran fosse stato perso per lui.

Anđelko ora si rese conto della profondità dei suoi sentimenti.

Speravo solo che non fosse troppo tardi.

Non potrebbe vivere con se stesso se Goran fosse morto, perché se lo avesse fatto, anche lui, Anđelko, sarebbe morto.

Devi vivere!

OTTAVA PARTE
GORAN

146

CAPITOLO XXXIX

Stjepan prese un ultimo respiro tremante e lo rilasciò lentamente, asciugandosi le guance con la punta delle dita.

Katarina si tolse la sciarpa infilata nel corpetto e si asciugò delicatamente il dolore iniziale.

Le sorrise, soddisfatto dell'intimità del gesto.

Si allungò per accarezzarle i capelli per la prima volta, le ciocche luccicanti mentre scivolavano tra le sue dita.

Ne prese una manciata e le lanciò al vento con cautela, poi avvicinò le sue labbra alle sue, con forza, potente la prima volta.

Tutta la sua passione repressa veniva comunicata con le sue labbra morbide e accigliate.

Era tutta una soddisfazione maschile per i morbidi gemiti che emanavano nella sua gola nel suo abbraccio.

Il suo corpo stava iniziando a modellarsi su quello di lei quando Vladimir iniziò ad attirare l'attenzione.

Stjepan alzò lo sguardo per vedere il divertimento danzante negli occhi di Vladimir.

Ha alzato le spalle.

Non si è pentito di averlo fatto.

Soprattutto quando Katarina lo guardava senza fiato con tanta adorazione.

Si sentiva vivo per la prima volta da molto tempo.

Dal suo punto di vista, poteva vedere Helena e Gabrijel sorridere alla coppia mentre tornavano dalla cucina, portando la gustosa zuppa da servire presto.

Kristina aveva il braccio avvolto attorno a Vladimir, la testa appoggiata sulla sua spalla.

Sembrava contenta.

È stata la prima a rompere il silenzio.

"Miei signori Stjepan e Vladimir, mi dispiace per la vostra perdita. La perdita di Đurđa e la perdita degli anni trascorsi di comune dolore e amicizia. Era veramente bella, se il suo ritratto è qualcosa con cui valorizzarla. Grande innocenza e allo stesso tempo , malizia ha mostrato sul suo volto. Nonostante tutto questo, come può esserci qualcosa che non va adesso? E abbiamo ancora tempo per piangere la perdita e parlare di quello che è successo. "

Kristina chinò la testa con riverenza, in segno di rispetto per i morti e in lutto.

Vladimir la tirò più vicino al suo fianco.

"Mia cara, per quanto voglio sentire l'aria, in questo momento tutto quello che voglio fare è stringerti forte. Tu mi appartieni. Io appartengo a te. E cercarti ha solo rafforzato il fatto che sei mio per l'eternità. Stjepan, se puoi sopportarlo. di aspettare ancora una notte, prima di cercare di dare un senso agli eventi di tanto tempo fa, lo apprezzerei davvero. "

Vladimir era ancora arrogante, ma Stjepan riconobbe il luccichio nei suoi occhi.

E pensò di prendere in giro un po 'il suo vecchio amico, ma ci ripensò.

Dopo tutto quello che gli aveva fatto passare, potresti negare questa richiesta?

No, non poteva, soprattutto perché un fagottino si contorceva tra le sue braccia.

Ha ordinato la sua attenzione.

Il suo viso arrossato e all'insù, i suoi occhi luminosi, la sua morbida bocca rosa da Cupido catturarono la sua attenzione.

"Vladimir, il tuo entusiasmo ti mostra quanto sei dispettoso! Chiedi a Gabrijel di portarti nella tua stanza. E di immergerti nei piaceri; al momento non mi importa di niente. Vorrei condividere un drink con Katarina."

Questa volta, quando agitò la mano con noncuranza, fu un gesto fraterno di perdono.

Vladimir si sporse rapidamente nella sua direzione e si mosse con Kristina verso la porta che dava sul corridoio.

CAPITOLO XL

Mentre camminavano mano nella mano attraverso la porta, sia Kristina che Vladimir si fermarono ad apprezzare la grandiosità della stanza.

Il soffitto era a volta e aveva un enorme affresco di ninfe poco vestite che giocavano in una piccola piscina, con cherubini sorridenti che strimpellavano balalaika.

Nel punto più alto, una catena sottile cadeva dal soffitto in un grande lampadario illuminato da un migliaio di candele.

Kristina ammirava la scintillante base in ottone che svuotava ogni candela e faceva risplendere la stanza.

La pannellatura era di un colore cenere scuro, alleggerito dalla carta da parati damascata a strisce alternate di bianco crema e marrone.

Sulla parete di fondo era appeso un grande stemma raffigurante un gatto di montagna e un corvo che lottano per la supremazia e con la scritta "Onore tra gli uomini" che all'epoca era molto appropriata.

Una vecchia armatura, consumata e ammaccata, occupava il posto d'onore nella grande sala.

Kristina non ha smesso di dire oooh e aaah mentre scendeva le scale, chiedendosi battaglie lontane e onore prima di tutto.

Gabrijel li aspettava pazientemente lì.

Kristina fece scivolare la mano sulla ringhiera che si intonava al binario di raccordo.

Si accarezzò la finitura satinata con le dita mentre si avvicinava a Gabrijel per iniziare.

La ringhiera aveva una presa salda che aumentava man mano che si alzavano.

Guardando con la coda dell'occhio, vide Vladimir prendere un respiro profondo mentre il suo sguardo si fermava sul suo décolleté.

Immaginò che stesse pensando ad altri posti dove la sua mano avrebbe potuto avere una presa salda.

Un sorriso complice gli incurvò le labbra, mentre Vladimir cercava di accelerare i suoi movimenti mettendo una mano incoraggiante sotto il suo gomito.

Ma non si sarebbe lasciata ingannare.

Voleva riaffermare la sua affermazione correttamente, amorevolmente e per molto tempo.

Tanto per infastidirlo un po', si fermò sulle scale a guardare i ritratti di famiglia allineati sul muro rivestito di damasco.

Generazioni di markovici la osservavano dai loro fotogrammi.

Tutti con lineamenti eleganti e ascetici.

Poteva vedere da dove Stjepan prendeva il suo sguardo.

Vladimir indugiò per un momento, prima di prendere tra le braccia una ridacchiante Kristina.

Non poteva più alzarsi in piedi! Pensò cupamente.

Se non ce l'ho presto ...

Proprio quando la coppia raggiunse il balcone del secondo piano, la porta d'ingresso si spalancò.

Guardando in basso, videro Anđelko che cullava Goran tra le sue braccia.

Erano entrambi pallidi e Goran sembrava morto.

Anđelko, con le lacrime che le rigavano le guance, guardò impotente Vladimir, mentre si inginocchiava con il suo prezioso carico.

La porta continuava a essere sbattuta dai venti vorticosi e ripeté il suo rombo contro l'interno.

La pioggia entrò e inzuppò l'ingresso, mentre le foglie danzavano macabre come se fossero contente del destino di Goran.

Darija e Roko rimasero senza fiato e guardarono le figure cadute.

Stjepan, Katarina ed Helena corsero fuori dalla sala da pranzo.

Con occhi pietosamente spaventati, Anđelko li guardò tutti e disse: "Aiutami!"

Le sue parole liberarono la trance spaventata che tutti stavano attraversando.

Entrambi i vampiri corsero al fianco di Anđelko.

Gabrijel chiuse la porta ed Helena corse alla ricerca di bende e alla fabbricazione di un impiastro.

Katarina salì le scale verso Kristina, che era corsa in una stanza in cerca di coperte.

Afferrando delicatamente il Goran privo di sensi per le dita flosce di Anđelko, lo condussero rapidamente nella sala da pranzo.

Con un movimento imprudente, Stjepan spazzò il tavolo di bicchieri, piatti, posate, ciotole di fiori e qualsiasi altra cosa si trovasse sulla sua strada.

Helena fece squadra con lui, mentre metteva le scorte di medicinali sul tavolo e corse alla scopa.

Delicatamente, molto delicatamente, i vampiri misero Goran sul tavolo.

Vladimir sondò la ferita e guardò tristemente Anđelko.

Il danno che il colpo aveva causato era enorme e non sapeva se sarebbe stato in grado di salvare Goran.

Anđelko guardò stordito mentre Vladimir continuava la sua esplorazione, alla ricerca di altre ferite nascoste.

Un sibilo basso sfuggì dalle labbra di Goran mentre Vladimir si passava le dita sulle costole.

Vladimir si strappò la camicia e tutti videro la massa scura accanto a lui, indicativa di almeno una costola rotta.

Anđelko si è rimproverata internamente per essere stata negligente nella stalla.

"Amico mio, mio caro dolce amico. Non so se possiamo aiutare Goran, ma per il tuo bene farò del mio meglio. Non è meno di quello che faresti tu per me."

Gli occhi di Vladimir erano ossessionati dalla sua recente conoscenza delle ferite di Goran.

"Voglio che tu vada con Katarina allo studio a bere qualcosa. Non hai bisogno di vederlo. E porta Kristina con te, per favore."

"Vladimir! Le mie arti curative possono essere utili. Io resto."

Kristina gli lanciò uno sguardo cupo che non ammetteva discussioni.

Stava già strappando un lenzuolo da usare come fasciatura per le ferite di Goran e uno per il cataplasma in arrivo.

La sua efficienza e i suoi movimenti sicuri erano ciò che decisero nella mente di Vladimir che lei era davvero rimasta.

CAPITOLO XLI

Katarina condusse un riluttante Anđelko nella biblioteca.

Lo spinse delicatamente su una delle sedie in muratura e gli portò rapidamente un sorso di brandy.

Spingendo il bicchiere alle sue labbra, lo costrinse a inclinare la testa all'indietro per sorseggiare il liquido.

Il colore le coprì lentamente le guance e il suo respiro rallentò mentre beveva.

Una volta che ebbe finito, Katarina gli versò un altro bicchiere, ma lo mise accanto al suo gomito sul tavolino lì.

Quindi prese ciascuna delle sue mani una per una e le strofinò tra le sue, combattendo i resti del freddo per ripristinare la sua circolazione.

Le sue chiacchiere cessarono e le sue labbra non erano più così orribilmente blu.

Ha chiesto a suo padre di accendere il fuoco e trovare un paio di pantaloni e una camicia asciutti per Anđelko.

Presto un bagliore allegro riscaldò la stanza.

"Grazie, signora Katarina, per la tua gentilezza verso un vecchio come me. Le sono debitore."

Il discorso di Anđelko era basso e forzato.

"Dici cose senza senso. Sono stato solo gentile. Non hai debiti con me, signore. Un giorno sarai gentile con uno sconosciuto e quella sarà la mia ricompensa. E questo, a sua volta, sarà gentile con un altro."

La voce musicale di Katarina era angelica contro il crepitio del fuoco.

"Se puoi, riposa gli occhi. Non hai più forze. L'umidità penetrerà nelle tue ossa, se non ti asciughi. Se non ti dispiace, esco per qualche istante e chiudo le porte, così puoi cambiarti."

Senza aprire gli occhi, Anđelko annuì.

Ero stanco.

L'orribile scoperta di vedere Goran così ancora riecheggiava nella sua testa.

Per un uomo così fedele, le ferite del suo giovane amore lo avevano sciolto.

A bassa voce, sentì invece di guardare Katarina andarsene, chiudendo delicatamente le porte dietro di sé.

Immediatamente, ha afferrato il bicchiere e ingoiato il contenuto in un sorso.

Non contento di ciò, prese la brocca e ne versò un altro bicchiere, che pose sul tavolo.

Si tolse i vestiti inzuppati e indossò rapidamente i vestiti presi in prestito.

Sentendosi sporco e vergognandosi di essere stato colto così alla sprovvista, gettò i suoi vestiti sporchi di sangue nel fuoco.

Guardandola bruciare mentre si sedeva davanti al fuoco per scaldarsi, rifletté sulla svolta degli eventi.

Stava anche guardando il nuovo bicchiere di brandy.

I suoi occhi cominciavano a essere vitrei non solo per lo shock e per non aver mangiato, ma anche per la bevanda.

Stava ancora fissando il fuoco quando Katarina tornò.

Sapeva che glielo avrebbe detto se ci fossero state novità.

La sua espressione triste parlò al suo cuore mentre trasportava un vassoio ricoperto di frutta e formaggio che aveva messo a portata di Anđelko.

Non poteva mangiare.

Non riuscivo a parlare.

Non riuscivo a respirare abbastanza.

Rimasero seduti insieme in un silenzio teso mentre il ticchettio dell'orologio e il fuoco erano gli unici suoni che echeggiavano nella stanza.

Determinata, Katarina sollevò la sua pesante sedia e iniziò a spazzolare i capelli umidi di Anđelko.

Spaventato, guardò da sopra la spalla questa giovane donna, così disperato da offrirgli sollievo.

Annuì una volta in segno di gratitudine, essendo troppo soffocato per dirlo verbalmente.

Katarina iniziò a canticchiare canzoni dei suoi villaggi mentre faceva scorrere il pennello e le dita tra i suoi riccioli biondi.

Anđelko era così affranta e ancora così piena di sensi di colpa che non se ne accorse quando si appoggiò alla parte esterna della coscia.

Katarina non vedeva motivo per correggerlo mentre lavorava pazientemente il pennello.

È così che Stjepan li ha trovati un'ora dopo.

I suoi passi lenti e misurati superarono lo spirito di sconfitta di Anđelko.

Si alzò, corse dal vampiro e lo afferrò con forza per le spalle.

Stjepan guardò semplicemente le mani di Anđelko e Anđelko le lasciò cadere inutilmente sui fianchi.

Aveva visto il guizzo di un avvertimento negli occhi di Stjepan e non aveva alcuna intenzione di mancargli di rispetto.

Stava aspettando con ansia ciò che Stjepan aveva da dire, così come Katarina altrettanto preoccupata che stava al suo fianco e le mise una mano confortante sulla parte superiore della schiena.

Tutto il decoro era fuggito tra loro in quell'ora estenuante.

Stjepan sospirò.

"Anđelko ..."

CAPITOLO XLII

Vladimir e Stjepan divennero frenetici turbine di attività dopo che Anelko se ne andò.

Sebbene Anđelko sapesse e rispettasse quello che erano, non avevano idea di quali sarebbero stati i suoi sentimenti se fosse stata testimone dei loro tentativi di salvare la vita di Goran.

Con empatia, i due vampiri si unirono perfettamente.

"Vladimir, offrirò il mio sangue per Goran. Le tue mani sono occupate altrove."

"Stjepan ... ha l'inizio di un'infezione ai polmoni. E si sente peggio nell'ultima ora. Non so fino a che punto possa essere."

"Amico mio, faremo del nostro meglio. Non di più. Non di meno." Stjepan è stato molto affermativo nella sua dichiarazione.

Vladimir era orgoglioso di chiamare di nuovo Stjepan un amico in quel momento.

Ogni dubbio persistente sul conflitto tra loro è stato dissipato dalla loro disponibilità ad aiutare.

"Grazie, amico mio Stjepan. Quanto mi sei mancato!"

Stjepan si inchinò dolcemente.

Non si era resa conto che parte del suo dolore era dovuto alla perdita di Vladimir come suo partner.

Qualcosa che ora avrebbe rettificato a tutti i costi, giurò.

Vladimir, leggendo i suoi pensieri, si limitò ad annuire; in quel momento era più preoccupato per un polmone perforato e una possibile infezione che per la ferita alla testa e stava mettendo le mani su quel punto per vedere se poteva sentire una ferita interna.

Stjepan si è morso il polso, provocando la formazione immediata di una linea di liquido rosso.

Lo mise delicatamente contro la bocca di Goran, alzando l'altra mano, per abbassare la mascella, in modo che il fluido potenzialmente salvatore si raccolse nella sua bocca.

Una volta che la sua bocca fu parzialmente piena, Stjepan la chiuse, e poi iniziò ad accarezzare delicatamente le dita contro la gola di Goran per vedere se avrebbe ingoiato il liquido.

Non voleva spingere indietro la testa dell'uomo, non con la ferita alla testa.

Una volta che la procedura si è rivelata in qualche modo riuscita, ha ripetuto il processo.

Goran non ha mai ripreso conoscenza, ma i muscoli della gola stavano funzionando e avrebbero costretto il sangue curativo a deglutire.

Alla fine, Stjepan si chiuse il polso e fece un passo indietro.

Kristina era stata impegnata con la ferita alla testa di Goran.

Aveva chiesto a Helena di portargli un mortaio e un pestello e aveva rimosso la busta di erbe che pendeva dalla cintura.

Mise l'achillea nel mortaio e la tritò in una polvere finissima, che poi si cosparse sulla ferita aperta.

Le avvolse delicatamente la testa e la lasciò com'era.

Avrei dovuto controllarlo frequentemente e aggiungere altra achillea se necessario, ma non volevo fare troppo.

Mentre faceva questo, fece bollire la verbena e la radice di consolida maggiore in pentole separate.

La verbena farebbe un tè amaro, ma era eccellente per prevenire le infezioni del sangue.

E la consolida maggiore sarebbe stata trasformata in una pasta di olio di lino che sarebbe stata applicata al lato di Goran come un impiastro che doveva essere cambiato frequentemente e avvolto strettamente.

Per quanto avesse fiducia in Vladimir e Stjepan e nelle loro capacità, conosceva il potere di queste erbe, le aveva viste lavorare in passato e sentiva che erano ugualmente importanti nel suo tentativo di salvare Goran.

Inoltre, cosa li ostacolerebbe?

Tutto ciò che poteva essere fatto per alleviare la sofferenza di Goran doveva essere buono, giusto?

Stava riflettendo su tutto questo quando Helena tirò fuori con cura il tè infuso.

E ha continuato a riflettere su quanto fosse onorevole aiutare a cercare di salvare la vita di un uomo.

Le sue recenti esperienze nel villaggio si erano limitate alla sua guarigione.

E poi erano state solo le donne che l'avevano avvicinata, a malincuore e in segreto.

Non vorrebbero che i loro uomini pensassero che stavano frequentando una donna poco raccomandabile.

Nessuno degli uomini la guardò o le parlò dopo le spregevoli voci di Stankov.

Era stata denigrata per essere stata onorevole alla memoria di Andrej.

Com'era strana la vita chiudendo il cerchio.

Stankov ha perso per sempre a causa della sua malvagità e lei ha trovato la felicità per sempre grazie alla sua bontà.

Scosse la testa per cancellare questi pensieri, tornando alla scena straziante davanti a lei.

"Stjepan, per favore, vieni a prendere il mio posto sulla testa di Goran. Mettilo delicatamente in grembo. Sì, devi strisciare sul tavolo come ho fatto io! Smettila di preoccuparti!"

Kristina conosceva perfettamente i suoi pensieri mentre apparivano sul suo viso.

Infatti, colse la risata e il sorriso sorpreso sul viso di Katarina mentre si affrettava con un vassoio.

Alla fine, con Stjepan al suo posto, potrebbe iniziare a dare a Goran il tè alla verbena.

Lentamente e costantemente, si portò ripetutamente il cucchiaio alle labbra, versando il liquido e, proprio come aveva visto Stjepan, le accarezzò la gola.

I tuoi muscoli continuano a lavorare convulsamente per ingerire il fluido.

Quando sentì che aveva bevuto abbastanza, mise da parte la tazza da tè.

Mentre lo faceva, Vladimir aveva preso la radice polposa e schiacciata della consolida maggiore e l'aveva applicata ai lividi in crescita sul lato di Goran.

Posando uno spesso mantello sulla sua pelle, lui e Stjepan stavano lavorando insieme per legarla al fianco di Goran.

Goran ringhiò a bassa voce ai suoi sforzi, ma rimase privo di sensi.

I movimenti irrequieti delle sue mani, nel tentativo di grattarsi le legature, indussero i vampiri a trasportarlo in una stanza al piano di sopra dopo che le sue ferite iniziali furono osservate.

Lo misero sopra un soffice piumone e quando divenne irrequieto, artigliandosi inconsapevolmente i suoi legami, usarono morbide cinghie per tenere le mani basse.

Helena è stata incaricata di rimanere con Goran per il momento e ha iniziato ad applicare metodicamente impacchi freddi sulla fronte e sul viso.

I due vampiri poi tornarono al piano di sotto.

Helena, oltre a vegliare, mormorava anche preghiere sul suo corpo apparentemente senza vita, poiché Stjepan non avrebbe chiamato un prete.

D'altra parte, neanche un prete varcerebbe la soglia se invitato, la pratica di Stjepan delle sue arti oscure e dei suoi poteri mitici era temuta.

Sentiva che gli ultimi riti funebri dovevano essere invocati, anche se fosse stato per lei, nel caso l'anima di Goran fosse condannata a morte.

Per quanto blasfema si sentisse in quel momento, sarebbe più blasfemo per lei se non lo facesse.

Ha anche immerso le dita nella ciotola dell'acqua per mettere il segno della croce sulla fronte calda, sulle labbra, sul cuore.

E ha accarezzato all'infinito il suo rosario mentre svolgeva i suoi servizi di infermiera.

CAPITOLO XLIII

Fermandosi prima in sala da pranzo, videro che Kristina e Gabrijel stavano facendo delle pulizie.

La tovaglia era rovinata, ma Stjepan non ha risparmiato un secondo per pensarci.

Aveva superato la sua rabbia e stava lavorando per riparare la sua relazione con Vladimir, e se aiutare Goran e Anđelko era un mezzo per raggiungere questo obiettivo, allora avrebbe fatto tutto il necessario.

Kristina continuò ad avvolgere le sue preziose erbe, mentre Stjepan guidava Vladimir al tavolo del buffet e alla bottiglia di vino per consumare ciò che era riuscita a sfuggire alla precedente distruzione di Stjepan.

Appoggiandosi all'orecchio di Vladimir, parlò a bassa voce.

"Amico mio, non so se il ragazzo può essere salvato. Anche dopo il sangue della mia vita e le erbe di Kristina, è ancora così pallido. È bello che combatta, ma sarà troppo per lui?"

"Non lo so, Stjepan. L'unica soluzione possibile sarebbe quella di renderlo uno di noi. Ma non abbiamo il suo consenso e al momento è troppo debole per darglielo. Per diventare uno di noi, il processo è sicuramente più facile con il consenso concordato. I rischi di non chiedere il tuo permesso possono superare il possibile bene che potremmo fare. Lo sai!"

Vladimir è stato energico ed enfatico nella sua consegna.

"Un uomo riluttante è un uomo mortale. Guarda Stankov, il suo comportamento e la sua morte. Scambieresti quel giovane affascinante con un essere così instabile, che rischia la morte? Non lo farebbe. Non senza pensarci. Forse dovremmo includere Anđelko in questa discussione Dopotutto, sono amanti".

Vladimir sospirò profondamente mentre lo diceva.

Non prenderei questa decisione senza almeno consultare Anđelko.

"Molto bene, Vladimir. Porteremo Anđelko in questa discussione. Come dici tu, sono amanti."

Stjepan si voltò per andarsene quando sentì una mano sul braccio.

Guardando negli occhi preoccupati di Kristina, sospirò come aveva fatto Vladimir.

"Mia cara Kristina, non abbiamo scelta. Se Goran sopravvive alla notte, potrebbe considerarsi fortunato ad avere un giorno in più sulla superficie terrestre. Ma non possiamo promettere nulla. L'esame di Vladimir ha rivelato che non era costituzionalmente per cominciare. Forte. Avevo già l'inizio della polmonite nei polmoni prima di queste ferite. Facciamo del nostro meglio. Questo è tutto. "

Kristina sentì le lacrime formarsi nei suoi occhi, ma si rifiutò di lasciarle fuoriuscire.

Doveva essere forte per Anđelko.

Anđelko che era arrivato a significare molto per lei.

Se non potesse farlo adesso, nel momento del bisogno, che tipo di amica sarebbe davvero?

Poi, i suoi occhi color smeraldo divennero più luminosi con quelle lacrime non versate, la sua spina dorsale si raddrizzò con la sua determinazione e allentò la presa sul braccio di Stjepan, in modo che lui potesse chiedere ad Anđelko di venire.

Vladimir era in soggezione per il suo comportamento orgoglioso, ma calmo, e per il controllo spietato.

Le diede un leggero bacio sulla fronte per farle sapere che era soddisfatto della sua premura.

CAPITOLO XLIV

Anđelko barcollò sotto il peso combinato dello sguardo di Stjepan, dell'alcol che aveva consumato e della sua stessa paura.

Era curioso di conoscere il destino di Goran, ma non era disposto a sopportare il peso delle conseguenze.

È stata colpa mia!

Non ero abbastanza attento, non ero abbastanza coraggioso e non lo amavo abbastanza!

Anđelko gemette nella sua anima.

Non poteva ancora parlare.

I suoi occhi acquosi cercarono di concentrarsi su Stjepan.

Ha provato così tanto e non ci è riuscito.

Alla fine, il carico è diventato troppo grande.

Si inginocchiò e poi si prostrò a terra per il dolore.

Né Stjepan né Katarina potevano raggiungere la sua anima.

Le loro mani scivolarono con noncuranza mentre Anđelko si costringeva a crollare a terra.

Lentamente, Anđelko sentì che tutti i suoi sistemi interni cominciavano a spegnersi.

La sua mente, il suo cuore, la sua anima.

Con l'incredulità evidente sui suoi lineamenti, Stjepan guardò Anđelko che cercava di morire, credendo che Goran fosse già morto.

Katarina urlò a lungo e forte, gli echi che riverberavano senza fine nella stanza.

Stjepan cercò di far uscire Anđelko dalla sua prostrazione, senza successo.

Cercò di fondere il suo sguardo con quello di Anđelko, ma quello di Anđelko era vuoto.

La sua mente è già in ritirata.

Un'oscurità così impenetrabile persino per Stjepan mentre scrutava la sua mente.

Nella sua frustrazione, Stjepan cercò di scuotere Anđelko, ma era una bambola di pezza, floscia tra le sue braccia.

È così che li hanno trovati Vladimir e Kristina.

Vladimir ha afferrato il catatonico Anđelko e ha provato anche lui.

Niente è venuto ad Anđelko nel suo pozzo oscuro.

Si sentiva al sicuro lì.

Questo era tutto.

Non riusciva a ricordare perché fosse nell'oscurità vorticosa, ma era confortante.

Quasi come se stesse galleggiando, c'era tranquillità.

Più sentiva rumori, più si ritraeva mentre svaniva sempre di più.

Sapeva abbastanza per nascondersi.

Le voci e i rumori portavano dolore e lui non voleva farne parte.

Sempre più in profondità nei recessi della sua mente, si immerse finché i rumori non furono più.

Poi ci fu l'immobilità totale.

NONA PARTE
LUCIJA

166

CAPITOLO XLV

Tra i due vampiri, guidarono il catatonico Anđelko su per le scale fino alla stanza di Goran.

Il suo ragionamento era che forse, forse, Anđelko avrebbe percepito la presenza vivente di Goran.

Valeva la pena di tentare.

Nessuna delle sue altre azioni aveva avuto successo.

Le sopracciglia di Vladimir erano aggrottate per la preoccupazione e il suo pallore era più evidente del solito.

Erano tutti scuri e silenziosi mentre guardavano i due uomini, così immobili nel loro letto condiviso.

Immobile.

A malapena mostra segni di respirazione.

La tensione era spessa, la paura si rifletteva negli occhi di tutti i presenti.

"Vladimir, c'è qualcos'altro che potrei provare." Kristina ha detto a bassa voce. "Se potessimo trovare delle sanguisughe per una sangria, forse questo potrebbe aiutare."

"Mia cara, dolce Kristina. So che non hai molta conoscenza di cosa significhi essere un vampiro nel suo vero senso, ma il sangue di Stjepan dovrebbe aiutare Goran. E Anđelko! Mio Dio, come posso raggiungerlo? Ho bisogno di pensare!"

Vladimir aveva iniziato a parlare a bassa voce, ma la sua voce si fece più alta alla fine del suo discorso.

"Che tipo di Dio farebbe questo?"

Detto questo, lasciò la stanza senza voltarsi indietro.

Kristina era abbattuta.

Tremava per il modo in cui Vladimir le aveva appena parlato e per la sua mancanza di fede.

Toccò la piccola croce d'oro che gli girava intorno al collo.

Le sue labbra tremavano, il suo corpo si contraeva per una sensazione repressa.

Le sue emozioni traboccavano da tutto quello che era successo, facendole tornare le lacrime agli occhi.

Tutti gli altri erano a disagio per lo scoraggiamento con cui Vladimir aveva inavvertitamente parlato.

Katarina si avvicinò alla sua nuova amica per metterle un braccio confortante intorno alla spalla.

Il viso di Kristina mostrava una tale espressione di dolore.

Lei scrollò le spalle con negligenza e lasciò silenziosamente la stanza.

Katarina si rivolse a Stjepan in quel momento.

"Stjepan, vai a dirgli un po 'di buon senso. Ora! Le sue parole scoraggiate causeranno un ulteriore deterioramento intorno a lui, incluso il suo rapporto con Kristina. Non può cadere a pezzi. È necessario. C'è molto da fare."

Detto questo, lo congedò dalla sua mente mentre andava a letto per aiutare sua madre a prendersi cura dei due invalidi.

E con la più gentile carezza, ammorbidì la fronte di Goran che era ancora così calda al tatto.

Helena aveva tolto i vestiti di Anđelko con l'aiuto di Gabrijel, nel tentativo di farlo sentire più a suo agio.

Non si muoveva affatto.

Non stava lampeggiando.

Ho solo fissato ciecamente il soffitto.

Helena ha continuato a farsi il segno della croce e pregare per entrambi.

CAPITOLO XLVI

Stjepan attraversò la casa alla ricerca di Vladimir.

Di fronte alla debole musica suonata da lontano, sapeva dove trovarla.

Si è mosso in direzione del piccolo conservatorio di musica, dove Vladimir suonava con il cembalo ben tenuto.

Stjepan si fermò all'ingresso con un piccolo sorriso sulle labbra, ricordando che Vladimir aveva sempre suonato in modo eccellente e quando era disturbato, con un'intensità che rivaleggiava con i migliori compositori.

La melodia era cupa, infestata e riempiva la stanza della sua agitazione.

Le note echeggiavano nell'aria mentre manipolava incessantemente lo strumento per produrre suoni simili al pianto.

Dopo alcuni minuti di osservazione del suo amico in lutto, Stjepan entrò nella stanza.

"Vladimir! Devi smetterla! Parla con me. Aiutami a trovare un modo per riportare Anđelko e Goran."

Stjepan era paziente mentre si avvicinava all'uomo.

Vladimir non si è fermato immediatamente.

Creò crescendo su crescendo della palpitante composizione finché, con un brivido, terminò.

Lasciando cadere le mani e la fronte sui tasti, ansimò.

"Tieni. Prendi il vino che ti ho portato. Forse ti calmerà un po 'i nervi."

Stjepan spinse il bicchiere verso Vladimir, che lo prese e bevve avidamente per un momento, prima di rimetterlo nella mano di Stjepan.

"Stjepan, grazie. Ma ho bisogno di una mente lucida."

Vladimir si asciugò la fronte e guardò l'amico, la debolezza evidente nei suoi lineamenti.

"Perché, Stjepan? Perché sta succedendo? Se non avessi voluto Kristina così, niente di tutto questo sarebbe successo! È stato il suo dolore a chiamarmi inizialmente, ma come potevo far passare una come lei? Lei è il mio cuore! Lei è la mia anima! E se non l'avessi salvata, chissà quale destino le sarebbe toccato per mano di Stankov? Ma a quale prezzo? Anđelko è perduto per me in questo momento. E il La ferita di Goran, è vicino alla morte? E io sono completamente impotente!"

Vladimir si lasciò cadere la fronte tra le mani e iniziò a gemere.

"Amico mio, non sono la persona giusta a cui chiedere del tuo dolore. Ma sono qui per te e anche per Kristina, proprio come gli altri."

Stjepan abbracciò Vladimir mentre scivolava sulla panchina accanto a lui.

"Vladimir, per favore cerca di tornare indietro. Dobbiamo risolverlo insieme. Devi aiutare! O potrebbe andare tutto perduto! Dai, incontriamo Kristina per te. Era molto ferita dai tuoi rapporti con lei."

"Non volevo farle del male, Stjepan. Mi perderei senza di lei." Disse Vladimir con voce bassa e addolorata.

L'amore che provava per lei era evidente nelle sue parole.

"Allora andiamo con lei."

Stjepan si alzò con decisione e aspettò che Vladimir facesse lo stesso.

CAPITOLO XLVII

Lasciarono il conservatorio di musica e tornarono nella stanza, pensando che Kristina sarebbe stata lì.

Ma non lo era.

Dopo aver parlato brevemente con Katarina ed Helena preoccupate, hanno appreso che non era tornata.

Quindi, hanno usato i loro sensi per cercare la sua presenza in casa.

Nessuno di lei è rimasto in aria.

Preoccupati, perquisirono il terreno, ancora niente.

La brezza fresca e umida e la pioggia persistente avevano disperso i profumi.

Almeno non c'erano più né tuoni né temporali.

Vladimir ha chiamato Darija e Roko, ma i cani non si sono presentati.

Vladimir era sempre più allarmato, il suo ritmo frenetico non faceva nulla per alleviare la sua tensione.

Si sparpagliano sempre di più, cercando.

Stjepan stava controllando il retro della villa vicino al bordo delle scogliere e Vladimir era andato alla stalla per vedere se Kristina era lì.

Il suo grido di sorpresa raggiunse Stjepan, che subito venne al suo fianco.

Vedendo un solo cavallo, Vladimir sapeva che non c'era più.

La sua incredulità era impressa sul suo viso e la sua rabbia minacciava di traboccare.

"Come osi andare? Quando metto le mani su quella sfacciata ..."

"Calmati amico mio". Stjepan lo calmò, mentre si guardavano intorno.

Silenziosamente, si è divertita a parlare di nuovo con Vladimir, anche con i suoi problemi irrisolti e le preoccupazioni attuali.

"Facile. I cani devono stare con lei. Ora dove andrebbe nel cuore della notte?"

Si fermò a riflettere sulla situazione da tutte le angolazioni.

"Ah. Ce l'ho. Vuole dimostrare che ti sbagli, Vladimir. È andato a cercare le sanguisughe!" Stjepan sembrava un po 'presuntuoso quando ha detto questo.

Per lui aveva perfettamente senso.

La coppia si è recentemente innamorata e cerca ancora l'equilibrio nella relazione.

Nei loro sforzi, avrebbero avuto alcune battute d'arresto nell'affrontare quei sentimenti.

Annuì saggiamente perché sapeva che lo stesso sarebbe accaduto per lui e Katarina abbastanza presto.

Ridacchiò, ricordando come l'aveva licenziato prima per fare la sua offerta.

Oh, stava aspettando le sfide che lei gli avrebbe presentato adesso.

Ma divenne subito serio per lo sguardo di sfida che Vladimir aveva adesso.

"Stjepan, Kristina non è protetta, non importa quanto si fidi di Darija e Roko. Le potrebbe succedere qualsiasi cosa! Devo trovarla! Oh, quella donna! Imparerà il vero significato delle mie parole su cosa significa appartenere a me. Te lo prometto. ! "

Vladimir era magnifico nella sua rabbia.

Le sue sopracciglia si inarcarono, i suoi lineamenti assumevano uno sguardo deciso, le sue labbra sottili e gli occhi appassionati.

Prese il volo senza esitazione, con l'intenzione di setacciare il campo per il suo amore.

Trovò Stjepan al suo fianco.

CAPITOLO XLVIII

È un uomo impossibile! Kristina pensò mentre si allontanava velocemente, i segugi accanto al suo cavallo.

Non sarebbero rimasti e lei non poteva discutere con loro, anche se in quella notte nuvolosa accolse con favore la loro compagnia.

Stava tornando alla radura con il laghetto che era stato il luogo della sua cattura, perché sapeva che lì avrebbe trovato delle sanguisughe.

Solo lei lo sapeva!

E poi avrebbe mostrato a Vladimir cosa potevano fare!

Con indignazione sfrenata in tutto il corpo, ha spronato il cavallo.

Il fango si sollevò dietro di loro alla velocità stabilita, consumando rapidamente i chilometri di distanza.

CAPITOLO XLIX

Anđelko si muoveva lentamente nella sua oscurità, osservandola, assaporandola.

Desiderava la solitudine, il calore in cui era avvolto.

L'assenza di luce non lo spaventava, lo accoglieva.

La bagnò nel suo abbraccio.

L'ha protetta.

Cos'era questo?

Anđelko sentì qualcosa, qualcosa di indefinibile invadere il suo bozzolo.

Si voltò guardando nell'oscurità, ma non riuscì a trovare quello che stava cercando.

Eppure era nervoso.

Che tipo di situazione stava vivendo?

Ha continuato a girare freneticamente.

Lentamente, sentì dei deboli passi che si dirigevano verso di lui, ma non riusciva a capire da dove provenissero.

Tutto questo stava iniziando a farlo diventare sempre più pazzo.

Là!

Un bagliore tremolante!

Diventava sempre più stabile man mano che si avvicinava finché non riusciva finalmente a distinguere un vago contorno.

Il contorno si solidificava man mano che la cosa si avvicinava.

Con la sua forma ancora indeterminata, Anđelko scoprì di non avere nessun posto dove andare, nessun posto dove nascondersi nella sua oscurità.

Quella che una volta era sembrata una grande entità solo per lui si era ridotta in un lungo tunnel e la sua schiena era contro il muro.

Non poteva muoversi, era paralizzato dall'apparizione che si avvicinava.

I suoi occhi erano aperti!

Il suo battito cardiaco accelerò.

Oh mio Dio!

Pensò.

Lucija!

Cosa ci fa qui?

Non si accovacciò più lungo il muro, ma si avvicinò a lei.

Scosso fino alle ossa, la guardò avvicinarsi.

Sembrava come appariva nella vita, prima della febbre.

Come è stato possibile?

Era appassito davanti ai suoi occhi.

La sua robustezza e il suo amore per la vita si erano ridotti nel suo corpo in quei terribili giorni prima della sua morte.

Morì di dolore e come una vecchia rugosa.

Anđelko adesso beveva la sua eterea bellezza.

Si mosse per toccarla e la sua mano fluttuò sul suo braccio.

Fece un passo indietro angosciato.

"Mio caro Anđelko. Non temere." Lo spirito gli parlò.

Sembrava il suo Lucija.

Anđelko scosse la testa allucinata.

Perplesso, fece un altro passo avanti e accadde la stessa cosa.

Questa volta non fece un passo indietro quanto voleva e si stropicciò gli occhi due volte, ma lei continuava a comparire davanti a lui, quindi aspettò.

La sua voce rassicurante così riccamente intrecciata con l'amore le provocò una nuova reazione.

"Sono qui perché mi hai chiamato." Gli tornò in mente la sua voce roca che gli era mancata così tanto. "Mi hai chiamato, Anđelko. Ma sono sempre stato con te. Conosco il tuo cuore, amore mio. Dovevi solo dirlo. Sarei apparso da un momento all'altro. Ma prima non avevi bisogno di me, quindi ti ho tenuto d'occhio fino a quando è arrivato il momento che lo faresti. "

Parlava in modo così tenero e adorante che Anđelko sentì le lacrime rigarle il viso.

"Lucija, quanto mi sei mancato! Non so perché sei qui, ma sono contento che lo sia. Ti ho amato fino ad oggi. So che avrei dovuto chiamarti molto tempo fa, ma il corso di la mia vita è cambiata dopo la tua morte e ho dovuto prendere una decisione. Sapevo che avresti capito o speravo che l'avresti fatto. "

La voce di Anđelko si spezzò e, senza parole, singhiozzò alla vista del suo amore perduto.

Sentì il suo tocco, un leggero piumaggio delle sue dita sul suo braccio.

Poi si materializzò lentamente, trasformandosi da una luce insignificante in una donna sostanziale e tenne le braccia aperte per il piangente Anđelko.

La abbracciò disperatamente.

Aveva sognato la sua Lucija per tutta la vita, tenendola tra le braccia ancora una volta, sentendolo abbracciarla.

E ora era successo.

Sopraffatto da tutto ciò, cadde lentamente in ginocchio, il viso sepolto nella sua pancia mentre gli accarezzava i capelli.

"Moj odvažni neustrašivi borac". Lucija parlò a bassa voce, definendolo il suo coraggioso e amato guerriero. "Il tuo percorso era predeterminato prima che ci incontrassimo. Hai vissuto come dovresti. Hai scelto di sacrificarti in modo che gli altri potessero vivere liberamente. E alla fine, non è stato un sacrificio, vero? Tu ami Vladimir e anche lui ti ama. Lo hai salvato da se stesso. se stesso, più volte. Non te ne rendi conto? Vladimir si sarebbe distrutto molto tempo fa con le sue azioni, se non fosse stato per la tua cura e amore. "

Continuava ad accarezzargli i capelli, ei suoi singhiozzi si erano placati, sentendo le sue parole delicate.

"Amore mio, ma come? Cosa ho fatto per questo? Sono solo un uomo, nessuno di speciale."

"Sì, mio Anđelko, sei un uomo. Niente di più, niente di meno. Non avevi modo di sapere che Stankov avrebbe attaccato come ha fatto. Il tuo Goran ha bisogno di te. Ha bisogno della tua forza e del tuo amore per vincerlo. Devi tornare a te stesso!"

"Come puoi dire questo, Lucija? Ti ho appena ritrovato! È straziante ... il dolore! Come posso tornare indietro?"

Anđelko ha parlato di lei con la sua faccia.

La sua voce attutita dai vestiti e dall'emozione soffocata.

"Ah, amore mio. Come puoi non? Non sono davvero qui. Sono qui solo perché mi hai cercato. Sono morto. Tu vivi! E continui a vivere perché non è il tuo momento. E ami Goran. Lui significa molto per tu. Non sono triste. Sono molto felice che tu abbia trovato qualcuno da amare di nuovo. Ti ama. Ha bisogno di te. E tu hai bisogno di lui. Vai, amore mio. Vai e segui il tuo cuore e sappilo sempre Sarò con te".

Lucija accarezzò ancora una volta le sue morbide mani sui capelli di Anđelko.

Usò la mano per sollevare il viso in modo che lui potesse vedere l'espressione di soddisfazione e amore che brillava nei suoi occhi.

Lentamente, Anđelko si alzò in piedi.

"Non capisco tutto quello che hai detto, mia cara Lucija. Ma forse non ne ho bisogno. Mi conforta sapere che stai bene. Chiederei l'opportunità di baciarti ancora una volta. Se non posso restare, me lo concedi? Proprio quello. ?" Supplicò Anđelko.

"Certo amore mio. E vorrei sentire anche te dentro di me ancora una volta."

Lucija si mosse nell'abbraccio di Anđelko.

Tentativo accostò le sue labbra alle sue, trovandole calde e in attesa.

Più sicuro di sé dal suo amore e dalla sua familiarità, si avvicinò ancora di più, avvicinandola al suo cuore.

Le sue labbra così mobili sotto le sue, così tenere, come non lo erano mai state.

Fu sopraffatto dal suo abbraccio, dal sentimento ricordato di lei e dalla sua gentilezza.

E troppo gentile quando gli fece scorrere le dita tra i capelli e gli ficcò la lingua in bocca.

Il bacio è stato lungo, appassionato e pieno d'amore.

Senza fiato, Anđelko si staccò per primo.

Guardò profondamente negli occhi del suo primo amore, i suoi di un caldo marrone dorato color miele, illuminati dall'amore.

Si tuffò di nuovo per catturare completamente la sua bocca.

Il suo gusto ricordato innescava ancora di più il suo desiderio.

Insieme sprofondarono a terra, una calda e morbida nebbia vorticò intorno ai loro corpi, mentre avanzavano sempre più in profondità nelle profondità della loro passione.

Lentamente, aiutarono l'altro a togliersi i vestiti.

Anđelko trovò tutte le cavità lisce e le pendenze curve di Lucija che ricordava così bene.

A sua volta ha trovato gli aerei duri ei muscoli sodi del suo amore.

La loro unione era lenta e sensuale e si amavano bene.

Per Anđelko, sentire Lucija stringere i suoi muscoli interni attorno al suo pene era così meraviglioso che sembrava completo in un modo che non si sentiva da molto tempo.

Questo non toglie nulla a quello che provava con Goran: era solo una dimensione diversa, una fusione diversa e un amore diverso.

E involontariamente, iniziò a sentire il dolore che inizialmente lo aveva attirato nell'oscurità.

Proprio mentre stava raggiungendo la sua pienezza, sentì i bordi dell'oscurità schiarirsi.

Cercare di restare con Lucija si rivelò inutile.

Man mano che l'oscurità si schiariva, svaniva alla vista.

Spaventato dall'avvento del dolore e dallo scioglimento della sua amata Lucija, gridò di protesta.

"Amore mio, ricordati che sono sempre con te. Non sentirti impotente. Hanno bisogno di te altrove. Il tuo Goran ha bisogno di te. Addio per ora amore mio."

La voce di Lucija, gentile e comprensiva, scomparve dalla sua mente e la luce crebbe.

Si sentì salire attraverso le nebbie verso quella luce brillante.

Fece un ultimo tentativo di afferrarla ancora una volta, ma non lo fece.

Viaggiando senza pensare, in soggezione della sua esperienza e del suo continuo amore per lei, fluttuò nella luce.

CAPITOLO L

Katarina ed Helena hanno lavorato freneticamente mentre assistevano ai movimenti di Anđelko.

Gli sfiorarono le mani e lo chiamarono.

Deliziati dalle sue risposte iniziali e dal respiro più facile, trattennero il respiro per non creare false speranze.

Erano stati spaventati dai movimenti che faceva e dai mormorii di parole che erano iniziati pochi minuti prima che li avevano fatti uscire dalle loro silenziose preoccupazioni.

Parole d'amore e parole di disperazione, per lo più incoerenti.

Katarina ed Helena riuscirono a spostarlo più in alto sui cuscini, accarezzandogli delicatamente le guance.

Anđelko divenne ancora più agitato.

Sbattendo le palpebre rapidamente, il suo respiro ancora affannoso, Anđelko si sforzò di tenere gli occhi aperti con la luce penetrante che le faceva male alla testa.

Si guardò intorno confuso e chiamò Lucija.

Katarina ed Helena si guardarono l'un l'altra, perplesse dal nome.

Non era uno che conoscevano.

Riprendendo il controllo di sé, e vedendo la stanza e Goran nel letto accanto a lui, si calmò ancora di più.

Percep6endo l'ondata di simpatia di entrambe le donne, si chiese quanto avrebbe dovuto dire.

Decise che prima doveva pensare e capirlo da solo.

Gli avrebbero creduto comunque?

Erano arrabbiati?

Aveva davvero appena parlato con la sua amata Lucija?

Sì, avrebbe tenuto i suoi pensieri per sé.

Fece una smorfia, rotolandosi su un fianco per guardare il suo dolce respiro di Goran.

Gli scaldava il cuore, anche se era pazzo, pazzo pensare che Lucija l'avrebbe approvato.

Almeno il suo spettro ha detto di sì.

Si chiedeva spesso se l'avesse fatta arrabbiare anche quando non era più attaccato a lei.

Ora, sapeva che non solo lei capiva, ma lo amava di più per le sue scelte.

Ciò ha alleviato il suo cuore e la sua mente.

Non si era reso conto di quanto questo pesasse sulla sua coscienza, ma ora ne era in pace.

Sospirando, sentì che Katarina cercava di dargli dell'acqua da bere.

Bevve un sorso lento, sentendo dolore alla testa per l'esperienza e la bevanda forte precedente.

Quindi gli ha dato da mangiare brodo.

Prese tutto il cibo che lei gli offrì, rimanendo in silenzio, vigile.

CAPITOLO LI

Kristina ha fermato il cavallo.

Scese con cautela e lasciò che il cavallo vagasse per la piccola radura.

I segugi rimasero con il cavallo, i fianchi che pulsavano di nuovo per lo sforzo, la lingua fuori.

Si diresse verso le rive del laghetto ed entrò in acqua, guidata dalla debole luce lunare che ora si rifletteva su di essa.

Incurante dei suoi vestiti, ha trovato le sanguisughe che stava cercando.

Raccogliendoli con cautela, li mise nel piccolo calderone che aveva portato con sé a tale scopo.

Prendendo un sorso d'acqua dalla borsa una volta compiuta la sua missione, si assicurò che gli animali facessero un bagno per rilassarsi, quindi si avviò a raccogliere di nuovo il cavallo per il viaggio di ritorno.

CAPITOLO LII

Più lontano volavano i vampiri, più Vladimir si arrabbiava.

Ma ora, la rabbia si è rivolta a se stesso.

Come poteva essere stato così sconsiderato, incurante nel parlare e nell'affetto per lei?

Aveva fatto una promessa prima, quando l'aveva di nuovo al suo fianco, che l'avrebbe apprezzata.

Quanto velocemente l'aveva rotto.

Scemo! Mormorò.

Avrebbe riparato il danno e la prossima volta avrebbe fatto meglio.

Speravo solo che ci sarebbe stata una prossima volta.

Perché la sua Kristina era sexy ma anche molto innocente; raramente era uscito dal suo villaggio prima di trovarla.

Sperava che lei non si fosse persa, che il suo cavallo non avesse perso una scarpa, o che non si fosse imbattuto in qualche ruffiano o bandito con l'intenzione di farle del male.

Si muoveva sempre più velocemente, costringendo Stjepan a lottare per stargli dietro.

Guardando l'orizzonte, fu inorridito nello scoprire che l'alba si stava avvicinando.

Mentre il cielo era ancora completamente nero, i toni blu smorzati cambiavano rapidamente ogni minuto che passava.

Doveva trovarla in un attimo.

Doveva, non poteva cercare per più di un'ora.

Come poteva essere stato così sciocco?

I suoi occhi cercavano freneticamente piccole forme sul terreno, parassiti e roditori sul lato della strada.

Affilò gli occhi alla ricerca di nuovi indizi, ma sapeva che era inutile, non solo la strada era ben percorsa, ma la tempesta aveva cancellato il suo viaggio precedente.

Vladimir sapeva che doveva stare attento a non cadere dal cielo a causa delle sue distrazioni.

Lo ha chiamato Stjepan.

Un cavaliere solitario con ombre che gli trotterellavano accanto si stava avvicinando rapidamente.

Vladimir sapeva istintivamente che si trattava di Kristina.

Lui e Stjepan scesero rapidamente per attendere l'avvicinamento.

Kristina fu sorpresa dalla sua improvvisa apparizione in cielo e fermò bruscamente il cavallo.

Calcolando male all'improvviso arresto, quasi le cadde addosso, ma in qualche modo lei riuscì a mantenere il suo posto.

Rigida e orgogliosa, con il corpo eretto, guardò con diffidenza mentre i vampiri attraversavano la distanza fino a dove era seduta.

Stjepan si allungò per afferrare le briglie, fermando ogni tentativo di precipitarsi oltre come se quella fosse la sua intenzione.

Li guardò pensando a quanto poco la conoscessero.

Vladimir raggiunse l'altro lato e la prese tra le braccia.

Sentiva che il suo abbraccio era amorevole, ma non rideva come aveva fatto prima quando aveva sentito qualcosa del genere.

Anche tra le sue braccia, lei rimase rigida.

Vladimir sorrise alla sua continua sfida.

"Mia Kristina, va tutto bene. Non ero arrabbiato con te, le tue parole o le tue azioni. Mi sentivo impotente e di solito non mi succede! Sono un uomo d'azione e l'inattività non mi sta bene. Amore, mi dispiace."

Vladimir tacque dopo il suo discorso nella speranza che lei gli rispondesse senza arrabbiarsi.

Ha ottenuto il suo desiderio.

Kristina sospirò.

"Mia cara, volevo solo aiutare. Le sanguisughe, le sanguisughe aiuteranno. Devono! Non so altrimenti."

Parlava così dolcemente e si rilassò nel suo abbraccio.

La tenne stretta finché lei non gridò:

"Sanguisughe! Stai attento!"

Le sue mani cullarono il calderone per impedirne la fuoriuscita.

Non potevano perdere tempo a tornare alla radura.

Anche Kristina aveva notato l'illuminazione nel cielo.

Vladimir e Stjepan decisero rapidamente che Stjepan sarebbe tornato a cavallo e che Vladimir avrebbe viaggiato con Kristina attraverso i cieli.

Ha cercato di prepararla alla perdita di gravità come meglio poteva prima di lanciarsi in aria.

Rimase senza fiato per l'assenza di gravità e chiuse gli occhi.

La velocità vertiginosa potrebbe fargli perdere l'equilibrio e il prezioso calderone.

Ben presto raggiunsero il cancello di Stjepan.

Dando una rapida occhiata per vedere Stjepan ancora a un miglio di distanza, corsero dentro.

Apparvero le dita dell'alba, in bellissime sfumature di rosa e arancio, ma erano molto mortali.

Vladimir è andato dove sapeva che Stjepan teneva le bare.

Kristina alle scale.

Voleva andare con lei, ma sapeva di non poterlo fare.

Dolorosamente, le voltò le spalle, per quanto il suo cuore e il suo corpo volessero restare al suo fianco.

Sapeva che una volta che si fosse alzato, sarebbe stato con lei e quel pensiero lo fece andare avanti.

Kristina corse di sopra, ignorando i ritratti questa volta e la ringhiera dettagliata nella sua corsa per raggiungere Goran e Anđelko.

Si fermò di colpo sulla porta quando vide che Anđelko non era più incosciente.

La gioia le accese il cuore alla vista.

Mentre riprendeva fiato e cercava di dimenticare il punto sul fianco, porse il calderone a Katarina.

Lo mise sul tavolino accanto al letto di Goran mentre Helena portava l'acqua a Kristina.

Quando fu sufficientemente rifornita, si avvicinò al calderone e sollevò il panno con cui aveva sigillato ermeticamente le sanguisughe.

Afferrandone uno, si lasciò sfuggire un miagolio sorpreso mentre le prendeva il dito.

Rendendosi conto che aveva bisogno di lavorare con cura e convenienza, ignorò la goccia di sangue che si era formata durante la regolazione della sanguisuga e la posizionò rapidamente vicino alla ferita alla testa di Goran.

Si spostò da un lato all'altro in questo modo, ignara di come il suo sangue si mescolasse con la ferita parzialmente aperta nel recente taglio di Goran sulla testa di Goran.

Nessuno l'ha notato.

Quando ha finito, era esausta.

Si lasciò cadere sulla sedia e comunicò alle donne del suo incontro con Vladimir e Stjepan.

Ha assicurato a Katarina che Stjepan era già in vista quando sono entrati in casa.

Katarina sospirò di sollievo.

Sapeva quanto gli sarebbe stato dispiaciuto se fosse successo qualcosa a Stjepan.

Gabrijel entrò nella stanza e insistette perché tutte le donne si riposassero.

Avrebbe vegliato su Goran e Anđelko, che in silenzio osservavano e tenevano la mano di Goran.

Mani che non erano più legate, perché non era più necessario.

Kristina raccolse le sue forze un'ultima volta per eliminare le sanguisughe grasse e piene di sangue.

Una volta finito, diede un'occhiata al suo lavoro e, soddisfatta del respiro regolare di Goran e di un leggero raffreddamento della fronte, crollò di nuovo sulla sedia.

Non se ne sarebbe andata, nonostante le proteste di Gabrijel, preferendo addormentarsi lì.

Rendendosi conto che la sua agitazione non l'avrebbe commossa, le permise di riposare.

E mentre riposava, il suo dito si è gonfiato un po 'e ha iniziato a diventare viola.

Tuttavia, anche questo è passato inosservato.

DECIMA PARTE
GABRIJEL

CAPITOLO LIII

Stjepan smontò da cavallo e corse verso la villa, i primi raggi del sole gli colpirono i talloni.

Sbatté la porta quando piccole scintille di luce avevano iniziato a colpire le sue scarpe dove ora i suoi piedi erano brevemente bollenti per il contatto.

Tirò un sospiro di sollievo mentre scendeva le scale fino a dove riposavano le bare, sapendo che i suoi piedi si sarebbero rimarginati mentre dormiva.

Vedendo che Vladimir ne stava già occupando uno, scivolò in un altro, spostando mentalmente la copertura al suo posto.

Si sdraiò e chiuse gli occhi.

Il suo ultimo pensiero prima di addormentarsi, uno di speranza, che tutto sarebbe andato a posto.

"Stjepan?" Udì il sussurro di Vladimir nella sua mente.

Sospirò, sapendo cosa c'era nei suoi pensieri.

"Molto bene, Vladimir. Ti dirò quello che so della morte di Đurđa."

"Grazie Stjepan. A volte i miei sogni mi perseguitano e lo saprei se riposa con calma."

Borbottando imprecazioni per aver mancato la sua pausa, per non aver abbracciato Katarina e per aver attraversato il campo in missioni folli perché Vladimir non poteva controllare sua moglie, Stjepan ha iniziato la sua storia.

CAPITOLO LIV

Novant'anni fa ...

"Mi stavo nutrendo di un contadino locale quando ho notato che qualcosa non andava. Le mie orecchie formicolavano per i pericoli percepiti che turbinavano intorno. Ho cercato di ignorarlo, ma ha interrotto la mia concentrazione abbastanza a lungo da dover sigillare la ferita sul giovane con colui che mi aveva attraversato e si era lanciato nei cieli nel tentativo di individuare la fonte del lamento rabbioso. Questo non era dolore, ma oltraggio femminile. Come sai, stavo ancora affinando le mie capacità di ascolto, distinguendo tra coloro che avevano bisogno dei miei servizi. e chi si è comportato come si comportano normalmente gli esseri umani ".

Le loro urla erano empie. Hanno permeato l'aria, annusandola con il loro terrore. Fu allora che mi resi conto che erano ancora a parecchi chilometri di distanza. Un senso di paura che non avevo mai conosciuto è venuto su di me! Đurđa era a Duće al tuo fianco nel tuo villaggio di mare, essendo uscito con te la settimana prima. Sono andato nel panico, posso ammetterlo ora e ho perso la concentrazione e sono caduto a terra, torcendomi il gomito. Questo non mi ha scoraggiato e ho sparato verso il tuo villaggio. "

"Quello che ho affrontato lì ..."

Stjepan rabbrividì durante la sua pausa.

I ricordi di quella fatidica notte si svolsero nella sua mente.

Ricordi che aveva represso per paura di farlo impazzire.

Ricordi che avevano alimentato il suo odio per Vladimir.

Ricordi accusati della sua stessa colpa per non essere riuscito a salvare Đurđa.

Ricordi dei suoi fallimenti come fratello, come amico e come uomo.

Le lacrime formavano gocce pure e cristalline che le cadevano lungo le guance.

I suoi silenziosi singhiozzi facevano vibrare di angoscia il suo rifugio.

Vladimir, silenzioso e immobile nei suoi pensieri, condivideva l'empatia del dolore con la sua mente e toccò l'anima ferita di Stjepan.

Non cercò di sondare mentre Stjepan era impantanato dall'angoscia, ma di guarire le piccole fessure nel suo cervello che quella notte oscura aveva creato che avevano alterato Stjepan come uomo.

Poteva vedere il danno fatto, i neuroni contorti, le sinapsi rotte che rispondevano alla morte di Đurđa.

Mettendo in guardia il diavolo, si alzò dalla propria tomba per andare da Stjepan.

Spinse da parte il coperchio e salì con il vampiro singhiozzante.

Chiudendo ancora una volta il coperchio, avvolse le braccia intorno a Stjepan, inviandogli una luce curativa.

La sua energia è entrata attraverso il braccio sinistro di Stjepan e ha viaggiato verso nord, passando ossa, tendini, tessuti e muscoli.

Ha tracciato i percorsi del suo sangue, girandole intorno alla spina dorsale, oltre il cervelletto fino alla corteccia cingolata anteriore per ispezionare il danno.

Il calore invase l'essere di Stjepan, che fu riparato e concentrato mentre Vladimir sondava.

La luce era verde pallido con una sfumatura di lavanda, i suoi piccoli boccioli iniziavano con l'inizio di una fessura interrotta e si muovevano verso la massa aggrovigliata sottostante.

Lentamente la superficie si levigò e le sinapsi morte presero vita.

I brevi impulsi elettromagnetici Vladimir stava impiegando una vita rinnovata nelle parti denutrite del cervello di Stjepan.

Per molto tempo riposarono insieme mentre Vladimir dirigeva la luce per riparare il danno.

Stjepan era inattivo mentre sentiva gli effetti residui del dolore che svaniva.

Questo non era un tentativo di cancellare i ricordi, ma di guarire le terminazioni nervose frastagliate che erano state sfilacciate.

Gli impulsi verdi rappresentavano la crescita, una rigenerazione della stimolazione dei tessuti.

La lavanda doveva aiutare Stjepan con la sua guarigione spirituale.

Vladimir sapeva che avrebbe dovuto chiedere prima il permesso a Stjepan, ma non poteva più sopportare il dolore della sua sofferenza e prese in mano la situazione.

Una volta che ha sentito di aver fatto tutto il possibile, ha ritirato lentamente la luce, attento allo stato emotivo di Stjepan.

Stjepan era esausto per l'esperienza e le sue recenti rivelazioni e per il sentirsi privato della luce.

Sapendo che erano entrambi al di là della resistenza, si fermarono nei ricordi in modo da poter riposare.

Stjepan si immerse nel tumulto del sonno con Vladimir ancora con le braccia avvolte comodamente intorno a lui.

CAPITOLO LV

Anđelko continuò a tenere gli occhi su Goran.

Guardandola respirare, il minimo movimento fece aggrottare la fronte di Anđelko.

Era cronometrato dalle inalazioni di Goran, superficiale, funzionava.

Il suo petto tremava per la polmonite e la tosse con cui periodicamente si tormentava.

Anđelko si sentiva impotente adesso come quando vide Lucija nella sua malattia.

Si alzò su un braccio per mettere un bacio morbido sulle labbra di Goran e sussurrargli il suo amore all'orecchio.

Che altro poteva fare?

Ma guarda e prega e condividi la loro vicinanza.

Gabrijel si muoveva con grazia per la stanza, nonostante il volume.

Regolò il copriletto su Kristina e sorrise leggermente quando lei gemeva nel sonno.

Pensando che fosse solo la sua stanchezza per tutto il passato, non notò la debole traccia di sudore sulla sua fronte e sul labbro superiore, il pallore cinereo delle sue guance, attutito dalle tende tirate.

Si è trasferito nel letto a baldacchino per assistere i suoi due malati.

Annuendo ad Anđelko, bagnò il viso, il collo e il petto di Goran con acqua fredda.

Le aggiustò la benda sulla testa e le tolse le bende sporche intorno alla vita, prima di applicarne di nuove.

"Dormi profondamente, anche se profondamente, Anđelko. La soluzione di Kristina sembra avere qualche effetto. È troppo presto per dire se il sangue di Lord Stjepan mescolato al suo ha avuto l'effetto desiderato. Ma dormi."

Gabrijel sorrise rassicurante ad Anlyelko.

"Gabrijel, che Dio sia con te per tutto quello che stai facendo. Non so come mi sarei comportato da solo senza nessuno di te."

Anđelko parlò a bassa voce, la voce roca per i suoi incantesimi di pianto.

Abbassò la testa come per pregare ancora una volta.

Ha scoperto che condividere i suoi fardelli con il suo Dio gli dava un senso di pace.

"Vuoi dell'altro brodo? La mia Helena prepara le zuppe e i brodi più deliziosi per miglia intorno."

Gabrijel amava vantarsi dei talenti di sua moglie, beh, quelli che era disposto a condividere con il mondo.

Pensò di tenere per sé la sua lingua di talento.

Aveva un'espressione di desiderio sul viso quando si rese conto che Anđelko lo stava guardando in modo strano.

Ha dovuto aggiustarsi i pantaloni a causa della sua ovvia reazione anche alla lingua amorevole di Helena, mi ricordo.

Anđelko si lasciò sfuggire una breve risata, leggendo facilmente i pensieri dell'uomo mentre arrossiva.

Ciò ha aiutato ad alleviare il suo tormento interiore per un momento. All'improvviso, ha iniziato a ridere e non poteva smettere!

Le immagini che danzavano nella sua testa di queste due persone rilassate che si godevano piaceri sensuali erano troppo belle per lasciarsela sfuggire.

Quasi si piegò in due dalle risate e si scusò con Gabrijel per la sua risposta.

Anđelko venne al suo fianco.

"Amico mio, se sapessi come sono i talenti di Helena, non rideresti!" Gabrijel ha davvero condiviso la sua gioia.

Soprattutto ora una parte della tensione ha lasciato la stanza dal suo arrivo.

Gabrijel sapeva quello che aveva e non l'avrebbe lasciata andare.

Si leccò persino le labbra lascivamente, con grande gioia di Anđelko.

Oh, è bello ridere!

Anche in queste circostanze, è bello, pensò Anđelko quando finalmente si calmò.

Guardando Kristina, non le importava perché la sua gioia momentanea non l'aveva disturbata.

Quindi era contento.

L'amava e non voleva che il suo riposo fosse interrotto.

All'improvviso si alzò dal letto per andare dietro il tramezzo decorato con fiori e colibrì.

Ha usato l'orinatoio e poi si è lavato le mani con la brocca e la ciotola che erano lì per quello scopo.

Fatto ciò, si agitò per la stanza per un minuto, ma si rese conto che aveva bisogno di stare con Goran.

Vedendo che le condizioni di Goran erano rimaste immutate, lo sguardo di Anđelko vagò per la stanza, esaminando i mobili.

Accanto al tramezzo c'era una cassapanca in cedro brunito e un grande specchio a figura intera.

Le tende erano decorate con un ricco zaffiro broccato che si abbinava alla tonalità più morbida del piumino.

Le pareti color crema erano accentate con più schiocchi di blu.

In effetti, l'intera stanza aveva una moltitudine di blu, dai cuscini alla sedia su cui si appoggiava Kristina, come le cornici dei quadri.

Ha riconosciuto un Donatello italiano precoce, Vladimir aveva insistito perché studiasse bene.

Era una stanza accogliente agli occhi di Anđelko.

I suoi occhi si girarono su Kristina mentre si agitava sulla sedia.

Si accigliò.

Qualcosa non le stava arrivando.

Non era per i suoi capelli, che non aveva legato, e che ora le ricadevano sulle spalle, o per la sua incapacità di dormire la notte.

No, non era tutto.

Anđelko si portò una mano al mento e si accarezzò l'inizio dei baffi mentre osservava l'immagine che presentava.

C'era qualcosa di strano in quell'immagine.

Era incuriosito, ma come Gabrijel, decise che aveva solo bisogno di riposare.

Decise che si sarebbe unito a lei mentre dormiva.

Il suo corpo era una massa di dolori e contusioni e aveva bisogno del suo tempo di guarigione.

CAPITOLO LVI

La fronte di Kristina stava bruciando.

Ha lottato attraverso strati di sonno e febbre, ma non riusciva a svegliarsi.

I suoi sogni erano pieni di creature mitiche e l'armatura al piano terra aveva preso vita e la perseguitava attraverso i corridoi della villa.

Nel suo sogno, chiamava freneticamente Vladimir mentre cercava di chiudere una porta dopo l'altra.

Immaginava di poter sentire il fiato fetido del cadavere della persona che un tempo abitava l'armatura.

La perseguitava inesorabilmente e furtivamente.

Mai fretta, solo andando avanti, determinata in ogni passo che faceva.

Kristina era senza fiato, i suoi vestiti sembravano restrittivi nell'infinito corridoio.

Vide una porta parzialmente aperta in fondo al corridoio e corse verso di essa.

Non diffidando di ciò che poteva trovarsi davanti a lei, ma sapendo cosa c'era dietro di lei, si precipitò a capofitto nella stanza.

Chiuse la porta e la serrò.

Sollevando il petto, con le spalle alla stanza, chiuse gli occhi per prendere un respiro profondo.

L'armatura iniziò a sbattere la porta senza successo.

Sapendo che doveva trovare un riparo aggiuntivo, si voltò e aprì gli occhi per ... l'orrore!

Era intrappolata in un mattatoio, i demoni laceravano selvaggiamente la carne degli abitanti del villaggio urlanti mentre cercavano il suo sangue.

Ha visto i suoi genitori, Andrej, così tanti che ha visto essere aggrediti.

Urlò, attirando le attenzioni di una bellissima giovane donna, con la bocca grondante di sangue ...

CAPITOLO LVII

Vladimir sentì la paura scorrere nelle sue vene.

Questo lo ha portato fuori dal suo sogno.

Istintivamente sapeva che erano trascorse parecchie ore dall'alba.

Pensando che fosse Stjepan si sentì spaventata nel bel mezzo del suo sogno, vide che stava riposando pacificamente accanto a lei.

Qualcosa non andava, molto sbagliato.

La sua coscienza se ne stava occupando.

Proiettò la sua mente sulla villa vera e propria, cercando la fonte.

Mentre si avvicinava alla stanza che ospitava i malati, il suo senso di paura aumentò.

Ha cambiato forma in un flusso di vapore, per passare senza ostacoli sotto la porta, trasformandosi in seguito in un'ombra di se stesso per non spaventare gli occupanti al suo arrivo.

Andò sul letto e vide che Anđelko e Goran stavano bene, dormivano entrambi.

Sospirando di sollievo, continuò.

Gabrijel aveva fatto una specie di letto con la biancheria da letto sul pavimento in modo che Kristina potesse riposare accanto a Goran.

Non aveva ancora trovato sentimenti di paura da parte loro.

Si voltò e vide Kristina profondamente addormentata.

Quando le si avvicinò, la sensazione di terrore crebbe.

Aggrottò la fronte ai suoi movimenti irrequieti e poi lei urlò!

I suoi occhi febbrili si spalancarono, non vedendo.

Si alzò di scatto e si trascinò tra le coperte come se la stesse attaccando, gridando parole incomprensibili.

Il suo volto era segnato dal terrore e immerso nel colore opaco di una persona malata.

Fu rapidamente al suo fianco, cercando di catturare le sue mani nel loro stato spettrale.

I suoi occhi spaventati si fissarono su di lui ma non lo videro.

Ha visto Vladimir che iniziava ad affondare i denti nel lato del collo di Andrej!

Doveva salvare Andrej!

Nient'altro importava in quel momento.

Ignorando tutti gli altri demoni, si fece strada attraverso la massa di corpi che si contorcevano verso Vladimir.

Nella sua mente, si ritrovò a implorarlo di perdonare Andrej.

E Vladimir!

Vladimir alzò gli occhi viola e la schernì per la sua ingenuità.

Gli afferrò il braccio, ma lui la scosse.

Avanzò di nuovo, con gli artigli che cercavano la sua gonna.

Vladimir era fuori di sé cercando di capire i suoi borbottii incoerenti.

Ha preso un "Vladimir", un "Andrej", un "... prendimi", ma non sapeva cosa farsene.

Scuotendosi di dosso la momentanea sorpresa e disperazione che le sue parole le avevano causato, si concentrò sulla ricerca della fonte delle sue delusioni.

Nonostante lei divagasse e tremasse, iniziò con la testa, facendo scorrere le dita dappertutto, cercando di vedere se aveva qualche tipo di nodulo.

Non trovando nulla di quella natura o alcun taglio, continuò a scendere.

A quel punto, Gabrijel era già al suo fianco, preoccupato per ciò a cui stava assistendo.

Vladimir gli chiese mentalmente di portare dell'acqua e un panno pulito per cercare di rinfrescargli la fronte.

Gabrijel era attento nel suo ministero, cercando di evitare le sue braccia agitate.

Vladimir si fece strada lentamente sui suoi vestiti e sul suo corpo.

Alla fine ha trovato il suo dito con segni di infezione.

Il suo spirito tornò immediatamente al suo corpo fisico e aprì il coperchio senza indugio.

È uscito dalla bara e si è precipitato nella stanza in cui si trovava Kristina.

Entrando dalla porta, si portò dolcemente la ferita alle labbra e iniziò a succhiare i veleni che abitavano il suo corpo.

Prendendosi il suo tempo, indagando come aveva fatto con Stjepan, per succhiare il sangue contaminato.

Una comoda sputacchiera giaceva lì vicino dove dispensava gli umori infetti.

Era contento che non si fosse ancora diffuso ai suoi organi interni.

Era arrivato puntuale.

Continuò la sua delicata suzione, desiderando che il suo sangue fosse libero da infezioni.

Una volta finito, ha sigillato la ferita.

Poi ha aperto il polso per portarlo alle labbra.

Lo sguardo sbalordito aveva abbandonato il viso di Kristina e lei aveva capito cosa lui voleva che facesse.

Si portò le mani al polso e se le premette più vicino alla bocca.

Ingoiò alcuni sorsi del sangue del vampiro.

Quando ha finito, si è asciugata il retro della bocca mentre lui le ha sigillato il polso.

Cadde esausta sui cuscini.

"Mio Vladimir, ti devo la vita, grazie." Kristina lo guardò. "Non so cosa sia successo, ma sono grato che tu sia venuto. Per favore siediti con me per un momento, mentre riprendo fiato."

Allargò le mani dai fianchi e accarezzò il sedile con una di esse.

Vladimir stava lottando con i piccoli frammenti di luce che penetravano nella stanza, ma sapeva che non poteva lasciare Kristina da sola ora dopo il suo comportamento quella notte.

Se fosse stato attento e si fosse tenuto lontano dalle correnti di luce, con granelli di polvere che lo inseguivano senza preoccupazione, sarebbe andato tutto bene.

La attirò più vicino e la portò in grembo.

La coccolò come un bambino, accarezzandole i capelli e massaggiandola la schiena.

Ero felice.

Si rannicchiò nel suo petto e allungò la mano nel risvolto del suo vestito.

Nessuna parola passò tra loro ora che la crisi era passata. E nessuno era necessario.

Kristina sapeva che avrebbe condiviso il suo incubo con lui più tardi, se solo così lui avesse saputo cosa aveva sognato.

Per ora, era dove voleva essere ed era al sicuro.

CAPITOLO LVIII

Stjepan si svegliò poco dopo e scoprì che Vladimir non era più al suo fianco.

Sapendo che era sicuro uscire, lasciò il buio seminterrato per cercare gli altri.

Trovò Helena e Katarina che stavano raggiungendo la porta nello stesso momento in cui lui.

Sapendo che c'erano abbastanza persone per prendersi cura di coloro che erano ancora malati, guidò Katarina in un piccolo angolo, facendo l'occhiolino a Helena.

Lei rise in risposta e li lasciò per la strada.

Stjepan prese Katarina tra le sue braccia e la guardò spalancare i suoi occhi verde muschio.

Abbassò le labbra sulle sue, all'inizio dolcemente, una carezza pensata per dirle che gli era mancata.

Katarina sprofondò nell'abbraccio di Stjepan, le sue labbra si aprirono per mostrare la necessità di esplorare.

Stjepan calmò volentieri la sua ansia per diversi minuti, cercando tutte le qualità nascoste rappresentate dalla bocca di Katarina.

Lei, a sua volta, lo cullò a sé, insicura dei cambiamenti che sentiva nel suo corpo.

Non ho mai baciato nessuno in questo modo prima d'ora.

I suoi seni erano duri e appuntiti.

Non era una sensazione spiacevole. Il suo ventre aveva la stessa emozione che provava quando la fiera con gli zingari passava per la città e lui andava a dirgli la sua fortuna.

Quella sensazione di qualcosa di più a venire, di possibilità eccitanti lasciate al proprio destino.

La sua pelle era arrossata e altri luoghi erano caldi e umidi.

No, non lo capiva affatto, ma sapeva che Stjepan le avrebbe insegnato a capirlo.

Stjepan gemette per la passione sfrenata con cui Katarina lo baciò.

Se non fossi stato attento, questo andrebbe oltre ciò che intendevo al momento.

Ma lei era assolutamente bellissima tra le sue braccia, fidandosi di lui, sgretolandosi sotto il suo bacio.

Le sue mani le corsero lungo la schiena e le accarezzarono le costole.

Le sue mani si fermarono appena prima di toccarle il seno. Sapendo che era innocente e non capiva i rapporti che intercorrevano tra uomini e donne, la sollevò per andare alla panchina.

Si sedette con lei sulle ginocchia.

Le sue labbra non hanno mai rotto quel bacio ardente.

Si spostò, rendendosi conto di averla messa in una posizione piuttosto scomoda.

Cercò discretamente di spostarla sulle sue ginocchia, in modo che il suo bel sedere non sfiorasse la sua grande durezza.

Sperava solo che lei non se ne accorgesse durante le sue esplorazioni.

Katarina sollevò le labbra bagnate da quelle di Stjepan per mordicchiarle l'orecchio.

Al suo respiro accelerato, sapeva che gli piaceva.

Gli piaceva decisamente quello che le stava facendo.

Iniziò a sussurrarle parole d'amore sul lato del suo collo, le sue labbra che si muovevano contro la carne tenera.

Il battito con il sangue della sua vitalità che gli batteva come una distrazione nelle orecchie e sotto la bocca.

Non con il desiderio di perforare la sua carne delicata con le sue zanne, ma con carnalità per la sua audacia.

Le sue passioni crescenti minacciavano il suo controllo in difficoltà.

Volevo farlo bene con Katarina.

La voleva come sua compagna di gioie e compagna di dolori.

E poiché lo voleva sopra ogni altra cosa, sapeva che doveva fermarlo ora.

Appoggiando la testa contro la fronte di Katarina, lottò per respirare.

Mostrando i suoi occhi color caramello, sapeva che era colpita quanto lui.

"Oh amore mio, come mi hai tentato così tanto! Non voglio altro che divorarti proprio qui."

Le avvolse le braccia intorno mentre diceva questo.

Katarina stava combattendo con il proprio cuore e con il sangue che scorreva nelle sue vene.

"Stjepan, ti ho amato da quando ero bambino. Ho aspettato il momento giusto in cui avrei potuto stare con te. Mi negheresti questo?" Ha implorato.

"Mia cara, non ti nego nulla. Ti chiedo di aspettare ancora un po ', ti prego. Voglio che tu sia la mia principessa, mia signora. Ti amo come non ho mai amato niente e nessuno nella mia vita! E ti onorerei aspettando finché non riuscirò a farlo accadere. Mi hai rubato il cuore. Farei qualsiasi cosa, qualsiasi cosa tu mi dica! E ci legheremo per sempre. Lasciami parlare con tuo padre e prendere accordi. Puoi darmi tre giorni, giusto? "

"Stjepan, puoi avere i tuoi tre giorni. Ma ti prometto che non aspetterò oltre. Se non sarò il tuo compagno di letto per allora, non sarò responsabile delle cose che ho intenzione di fare con il tuo corpo."

Katarina sembrava un po 'compiaciuta nel dirlo, ma assolutamente irremovibile sul fatto che voleva più di quanto Stjepan potesse offrirle in quel momento.

"Ora vieni qui un minuto ..."

UNDICESIMA PARTE
MIHAEL

CAPITOLO LIX

Man mano che le ore della notte si allungavano, tutti stavano di guardia vicino al letto di Goran.

Helena aveva riscaldato la loro zuppa e loro avevano mangiato a sazietà.

Alla fine Stjepan e Katarina si unirono a loro, sembrando un po 'spettinati, ma tutti tenevano per sé i loro commenti.

I due si scambiarono sguardi infuocati, ma tenevano le mani e le labbra a posto.

Vladimir alzò lo sguardo dai suoi pensieri e trafisse Stjepan con lo sguardo.

Stjepan capì di cosa si trattava e annuì quasi impercettibilmente.

Inclinò la testa per un momento per raccogliere i suoi pensieri, sapendo che avrebbe rivelato una grande quantità di dolore che aveva immagazzinato dentro per così tanti anni.

Si era torturato sapendo di aver deluso Đurđa.

E sapeva che quello che avrebbe rivelato ora avrebbe anche causato dolore a Vladimir.

Era stato così incredulo per ciò che Đurđa gli aveva sussurrato nei suoi ultimi istanti, che aveva bloccato quella consapevolezza dalla sua mente.

È stato solo attraverso l'intervento di Vladimir, poche ore fa, che ha realizzato pienamente gli eventi di quella notte di tanto tempo fa.

Non sapeva come avrebbe detto quello che aveva da dire, né sapeva come qualcuno avrebbe reagito a queste informazioni.

Ha pregato che Katarina e Kristina li aiutassero entrambi a guarire e ad affrontare il dolore del tradimento.

Perché era quello che sarebbe stato.

Tradimento della peggior specie.

Aveva cercato mentalmente di preparare se stesso e gli altri a questo tradimento.

Parte del motivo per cui aveva messo da parte Katarina era per acquisire forza per il compito che doveva affrontare.

Sospirando ancora una volta e guardandoli tutti negli occhi, iniziò la sua storia.

"Questo è ciò che Đurđa mi ha rivelato ..."

CAPITOLO LX

Novant'anni fa ...

"Sono arrivato alla porta di casa tua, Vladimir, e ho scoperto che era stata violata, quasi strappata via i cardini. Anđelko era priva di sensi e legata, una grossa ferita su un lato della fronte e Đurđa era stata picchiata e c'era sangue su di lei, sui suoi vestiti. Sono arrivato poco prima che morisse ... "

Stjepan iniziò a piangere mentre le immagini si ripetevano nella sua mente, così come Vladimir.

Tutti gli altri stavano prestando molta attenzione.

"Sono volato al fianco di Đurđa e l'ho abbracciata con le braccia. Le sue palpebre si sono aperte e ha cercato di parlare. Era così difficile per lei, Vladimir, ma era così forte. Uno dei suoi occhi era quasi gonfio e annerito. Si formarono lividi intorno a lei. la sua gola, quasi come se avesse indossato una collana stretta e sembrava che la sua trachea fosse schiacciata.Le lacrime le cadevano dagli angoli degli occhi, gocciolavano lungo i lati delle sue guance e sparivano tra i suoi capelli. Dio, era come una bambola! Le sue unghie erano rotte e insanguinate, aveva combattuto come un gatto selvatico. I suoi vestiti erano in disordine. Era stata aggredita orribilmente. "

Katarina aveva abbracciato Stjepan e ora tutti piangevano per quello che stava rivelando.

"Ha provato a sedersi ma non ci è riuscito. Alcune delle sue costole erano rotte e un braccio. Tuttavia, ha cercato di portare la sua mano alla mia guancia. Ha singhiozzato di più quando si è reso conto che non poteva. Aveva dolore ovunque, no. c'era una parte di lei che non era tormentata, picchiata o spezzata. Ho cercato di zittirla, di non parlare, di conservare le sue energie, qualunque cosa. Ma come sai, è sempre stata molto testarda Vladimir ".

Entrambi gli uomini si sorrisero brevemente, un lampo di umorismo che oscurò per un momento il loro dolore comune.

"Oh Dio, era testarda. Ha detto che quella sera prima aveva litigato con te e che aveva detto cose terribili, ma non intendeva quello che aveva detto, Vladimir. Voleva che tu sapessi che le dispiaceva."

Stjepan alzò di nuovo lo sguardo.

"Mi dispiace tanto, Vladimir. Ero così infuriato per la morte di Đurđa, che non potevo dirti quello che aveva detto. So che mi sbagliavo. Quella fu l'ultima cosa che ricordai di quella notte, fino a quando non hai usato la tua luce curativa, prima, su di me. ."

"Stjepan, non ho rancore contro di te per le tue azioni. Ti amo come ho sempre fatto."

Vladimir ha parlato con una voce sincera mentre catturava lo sguardo di Stjepan.

"Grazie Vladimir. Ti amo come un fratello. L'ho sempre fatto. Sono stato sopraffatto dal mio senso di colpa e dalla rabbia. E per quanto mi dispiace aver rapito Kristina, e non avrebbe causato dolore a nessuno di voi, questo ci ha aiutato a superare questo punto. Ecco perché, non mi dispiace. "

Vladimir si alzò in silenzio dal suo posto accanto a Kristina per abbracciare Stjepan.

Rimasero così per un minuto.

Una volta terminato il loro abbraccio, Stjepan ha continuato la sua storia.

"Đurđa poi mi ha detto che stava attraversando il corridoio quando la porta si è praticamente staccata dai cardini. E in piedi davanti a lei c'era ..."

CAPITOLO LXI

In quel momento, Goran si mosse.

Gli occhi vitrei e doloranti si spalancarono e Kristina si affrettò al suo fianco, mentre Anđelko le prendeva di nuovo la mano.

Annuì una volta soddisfatta, scoprendo che la febbre era sparita.

Entrambi hanno aiutato Goran a sedersi un po 'sui cuscini e Katarina gli ha portato un po' del brodo curativo.

Mentre tutti erano impazienti di scoprire finalmente cosa fosse successo a Đurđa, per il momento lo tenevano lontano da Goran.

Si guardò intorno confuso.

"Quello che è successo?" Parlava con la sua voce roca.

Anđelko si sistemò sul letto e abbracciò Goran delicatamente, la testa appoggiata sul petto di Anđelko.

"Amore mio, sei stato aggredito da Stankov. Non esiste più. I segugi e io lo abbiamo mandato al mare. Hai avuto la febbre e sei stato incosciente da ieri sera. Oh, avevo paura per la tua vita! Ho pregato e pianto e sono rimasto al tuo fianco tutto il tempo".

Anđelko aumentò il suo abbraccio un po 'più intensamente su di lui.

Non era pronto a dire a Goran come era collassato, o come aveva cercato di morire, pensando che Goran se ne fosse andato dalla sua vita.

Non ancora, comunque.

Era sicuro che nessuno degli altri avrebbe detto niente.

Quello che è successo tra gli amanti sarebbe rimasto così.

Sopra la testa di Goran, Anđelko sbatté le palpebre a tutti in silenzioso riconoscimento del servizio che le avevano reso quel giorno.

Doveva ancora superare il proprio imbarazzo per il collasso causato dalle ferite mortali di Goran.

Ma ci sarebbe abbastanza tempo per quello.

Si preoccuparono tutti per Goran ancora per qualche minuto, mentre Katarina teneva gli occhi e i pensieri concentrati su Stjepan.

Sorrise quando lo fecero tutti, ma lei sapeva che stava lottando.

Era evidente nella sua postura accasciata e nel tic nervoso che appariva nell'occhio sinistro.

Sapendo che non era ansioso di continuare il suo racconto, ma che lo avrebbe comunque continuato.

Il suo vampiro era un uomo d'onore, un uomo coraggioso.

Lo sapeva da molto tempo e sarebbe stata con lui a sopportare qualunque cosa gli fosse stata presentata.

Era il suo cuore.

Kristina era altrettanto preoccupata per Vladimir.

Non era evidentemente sconvolto come sembrava Stjepan, ma stava chiaramente combattendo anche per la sua compostezza.

Non era geloso per il defunto Đurđa e per i sentimenti condivisi tra i due.

Sapeva che Vladimir era suo.

E doveva sapere che era sua.

Gli accarezzò la guancia per fargli sapere che era lì e lui le strinse la mano sulla sua, facendole sapere che era con lei in ogni cosa.

Una volta che furono di nuovo calmi e Gabrijel che assisteva Goran, Stjepan continuò.

CAPITOLO LXII

Novant'anni fa ...

"Davanti a lei c'era Mihael ..."

Anđelko sussultò, Vladimir sembrò sbalordito, Stjepan annuì tristemente.

Vladimir si sentiva come se la sua anima fosse stata brutalizzata e il suo cuore strappato dal petto.

Mihael!

Perché dovrebbe fare una cosa del genere?

Come ha potuto il suo mentore averlo tradito in modo così orribile?

Guardò Stjepan con occhi feriti, aspettando di sentire cosa aveva da dire dopo.

CAPITOLO LXIII

Novantacinque anni fa …

Mihael aveva visitato Stjepan per un lungo periodo di tempo.

Ha detto che era lì per aiutare e guardare Stjepan nel suo allenamento di abilità, ma aveva una ragione più oscura.

Volevo Đurđa.

Aveva programmato la sua visita in modo che coincidesse con il suo arrivo per una delle sue rare visite da scuola.

Avendo appreso la conoscenza del suo imminente arrivo da Stjepan sei mesi prima, stava aspettando il suo momento.

Da tempo aveva pensato a come affrontare l'argomento con Stjepan.

Sapeva di dover stare attento con il giovane vampiro, noto per il suo temperamento veloce e la precisione con il suo stocco.

Sapeva anche che la voleva sopra tutte le altre.

Quindi stavo calcolando.

Era attento a lei, ma non eccessivamente.

Ha chiesto la tua opinione su questioni finanziarie.

Trascorreva i pomeriggi in biblioteca con lei parlando di una varietà di argomenti.

Ma, anche se non lo rifiutava completamente, lo stava davvero ignorando.

Era infuriato dai suoi dolci discorsi sulla frivolezza e dal suo disprezzo per lui.

Una notte aveva iniziato a supplicarla e, nel suo bel modo, lei lo aveva respinto.

Incensato per le sue smentite, se n'era andato, promettendosi silenziosamente che un giorno l'avrebbe fatta pagare.

Nessuno, nessuno lo ha trattato come lei ha osato!

Nessuno!

La sua vanità e il suo orgoglio furono distrutti dal suo spensierato disprezzo.

Stjepan non capiva perché Mihael avesse improvvisamente abbandonato la sua ospitalità.

E Đurđa, a sua discolpa, non si era resa conto della gravità delle sue intenzioni e della presunta offesa nei suoi confronti per la negazione dei suoi affetti.

Non pensò di parlarne a Stjepan perché per lei era una cosa da poco.

All'epoca aveva solo diciassette anni e, come spesso fanno le ragazze, era più interessata alla moda e ai pettegolezzi che alla considerazione dei sentimenti degli uomini.

CAPITOLO LXIV

Novant'anni fa ...

"Mio caro fratello, Stjepan, non lo immaginavo! Come potevo?"

Đurđa stava cercando di far capire a Stjepan il suo punto di vista raccontandogli cosa era successo cinque anni prima.

"Oh Đurđa, non sei colpevole di niente. Eri più giovane e molto più innocente, come lo sei ancora. E ti sei fatto avanti da Vladimir quando avevi nove anni. Mihael non sapeva niente di questo e Vladimir e io avevamo riso in quel momento su i tuoi pensieri in merito. Non per averti ferito, tesoro, mai quello. Solo che sei sempre stato impetuoso e impaziente. Ma recentemente hai cambiato rapidamente le cose. Ed ero così felice di vedere Vladimir restituirti il suo amore. "

Stjepan si passò una mano gentile tra i capelli di Đurđa.

"Mi dispiace Stjepan ..."

"Non hai nulla di cui scusarti o di cui vergognarti, Đurđa. Mihael non avrebbe mai dovuto farlo! E quindi cercherò la mia vendetta contro di lui!"

"Stjepan, per favore! Ti ucciderà! E non potrei sopportarlo!"

Đurđa era più debole ora nel suo discorso, appena un filo di vita.

"Devi promettermi che non cercherai vendetta! Ti prego!"

La sua supplica cadde nel vuoto, mentre Stjepan la cullava silenziosamente, cercando di impedirle di divagare.

I suoi occhi iniziarono a perdere luminosità mentre soccombeva sempre di più alle sue ferite.

E non voleva o non aveva bisogno di sentire i dettagli di ciò che Mihael gli aveva fatto.

Le prove erano davanti ai suoi occhi.

E ha condannato il vampiro all'eternità per aver posto fine a una vita così vibrante.

Đurđa sapeva che gli ultimi respiri le stavano lasciando il corpo.

Stava diventando sempre più difficile per lui respirare con il polmone schiacciato e piccole gocce di sangue cominciarono a uscire dalla sua bocca.

I suoi piedi e le sue mani erano stati freddi per tutto questo tempo e ora, insensibili.

Tremava mentre giaceva tra le braccia di Stjepan.

Aveva già problemi a concentrarsi sul bel viso di suo fratello e sapeva che non sarebbe vissuta abbastanza per rivedere il bel viso di Vladimir.

Si rammaricava che le sue parole d'addio fossero state arrabbiate e che lo stesse abbandonando per sempre, qualcosa che di recente aveva giurato di non fare mai.

Fece un ultimo tentativo di parlare.

"Ti amo e amo Vladimir. Per favore, ricordalo. Sto per morire amandovi entrambi. Nessuna rappresaglia. Non voglio ..."

E con questo Đurđa passò dalla vita che conosciamo a un'altra di cui si parla solo con muti sussurri e riverenza.

Stjepan portava il suo corpo, già senza vita, più forte contro il suo petto, piangendo su di lei, mentre il suo corpo diventava ancora più freddo tra le sue braccia.

Ha oscillato così con lei per molto tempo.

Non si è accorta di quando Anđelko si è svegliata, non ha notato il passare del tempo e non ha notato il freddo che pervadeva la casa attraverso la porta aperta.

Non si rendeva conto di quante cose Đurđa gli aveva rivelato cominciarono a scivolare via dalla sua mente cosciente.

Ma sapeva del dolore.

Un dolore profondo e acuto che gli prese l'anima.

E mentre sedeva lì con lei, l'amarezza della sua morte gli fece indurire il cuore contro Vladimir.

Vladimir era la causa, la radice.

Aveva distrutto Ðurđa.

CAPITOLO LXV

"Mi dispiace, Vladimir. Questa conoscenza di Mihael e della sua viltà è diventata un vuoto nella mia mente."

Stjepan si appoggiò allo schienale del divano, esausto per le rivelazioni.

Tutti piansero per la morte di Đurđa.

Lacrime pesanti e respiri affannosi per il tradimento di Mihael.

Soprattutto da quando Mihael era rimasto una parte delle vite di Vladimir e Stjepan.

Come aveva cercato di negoziare una pace tra loro, implorando l'uno e poi l'altro alternativamente di sedersi e riparare la loro relazione.

Mihael era responsabile della frattura, della viltà e non aveva mai detto nulla.

"Perché? Non capisco! Come ha potuto Mihael averci tradito in questo modo?" Vladimir gemette profondamente nell'addome. "È stato il nostro maestro, la nostra guida, il nostro mentore. Come ha potuto tradire quell'amicizia, la lealtà con cui lo abbiamo servito per tutto questo tempo?"

"Non conosco il mio amico. So che vorrei non averlo bloccato nella mia mente. So che vorrei non averti mai respinto. So che rimpiango profondamente il mio comportamento."

"Ah Stjepan, non sei tu che hai danneggiato la nostra amicizia! Quello era Mihael! Lo vedo molto chiaramente. E lui pagherà per questo. Anche se non fa altro nella mia vita, giuro che pagherà per quello che ha fatto." Vladimir ringhiò in gola.

Il resto della notte fu passato a fare piani per la morte di Mihael.

Verso l'alba, si gettarono tutti nei rispettivi letti, ancora senza un risultato finale concordato.

Ma c'era speranza.

Soprattutto perché Mihael non aveva modo di sapere cosa fosse successo per tutta la scorsa settimana.

Aveva annunciato separatamente a Stjepan e Vladimir che sarebbe stato in Olanda per un anno, circa tre mesi prima.

Quindi sapevano che avrebbero avuto il tempo e l'opportunità di prepararsi per la prossima battaglia.

E con quella consapevolezza che avevano in programma di distruggere il loro mentore, si sono riuniti ancora una volta con un obiettivo comune.

Ma questa è un'altra storia ...

FINE